消失的人

TO THE RIVER
LOSING MY BROTHER

[加拿大]唐·吉尔莫 著
白瑞霞 译

湖南人民出版社

考拉心研所

献给大卫

平静

冷峻的河面

问我索要一个吻。

——兰斯顿·休斯《自杀笔记》

而我们，时时处处的旁观者，

面向这个世界，从不朝外超脱！

我们身处其中，不断建构。

它却分崩离析。

我们再不断建构。接着，

分崩离析的是我们自己。

——莱纳·玛利亚·里尔克《杜伊诺挽歌·第八首》

空气清冷，但服用了安眠药的你，昏昏沉沉，并没有感觉到。烟，也抽完了。昨夜落雪，此刻望出去，薄雾飞扬。河面轻结浮冰，但依旧能看见水中央流水倦怠。你摘下帽子，轻轻地放到地上。不过午后方至，阳光便已落于山后。十二月的北方，天黑得总是这么快。你抬脚走进水中，到中央的位置远没有你想的那么远。你注视着河水，5 分钟（还是 15 分钟?），水面暗沉、变幻。没有想什么，只是心中隐隐有段旋律。再往前一步，河水便永远地带走了你。

目录

第一章

这一条河

红河，一条流淌在加拿大温尼伯我家附近的河。穿过房前弥漫着神秘气息的树林，就能看见它湍急浑浊的河水。小时候，妈妈总警告我和弟弟大卫：千万别靠得太近！

可事实上，怎么可能做得到呢？我和朋友们就骑在河边的树杈上，一边玩“芝宝”打火机，一边就各路“超级英雄”讨论得热火朝天。可怜的蝙蝠侠只能靠自己的财富和玩具进行自我保护。作为一名超级英雄，竟连一点儿超能力都没有。

“蝙蝠侠应该像拍只苍蝇那样拍他。”

“超人就能像拍只苍蝇那样拍蝙蝠侠。”

“蝙蝠侠手里有氪石吗？”

“他俩可都不是雷神托尔的对手。”

“拜托，雷神托尔不是人，好吗？”

弟弟小我两岁半。和所有家里有弟妹的“大哥”一样，我最害怕听妈妈说：“你把他给带上！”没办法，我只好带着他和他那一脸的单纯可爱、茫然无知去和朋友们聚会（听，我的一个小伙伴信誓旦旦地说：“知道吗，原本有8只甲壳虫，可其中有4只神秘地死了。”）。哦，我的弟弟，他可真是我的负担！

每一年冰雪融化的春天，泥黄色的红河都会水量暴涨。我们年年去河边看河水奔腾而下，站在岸边，既满心期待又心存恐惧，想象着会不会发生点什么事，但又真心害怕有个三长两短。在我们俩尚未出生的1950年，温尼伯爆发了一次特大洪水。红河河水暴涨30英尺①，形成了一个长达60英里②的临时湖泊。这场大水也吞噬了我们家的那座房子。当然，那个时候它还属于别人。当时，温尼伯全城成千上万的居民不得不离家转移。美国著名喜剧演员鲍勃·霍普在自己当年的电视首秀上慷慨陈词，呼吁大家对我们施以援手，奉献爱心。英国的伊丽莎白公主，未来的英格兰女王殿下连同自己的丈夫爱丁堡公爵一道来我们这座小城视察灾情。他们也就此

① 30英尺约等于9.1米。——本书注释均为译者注。

② 60英里约等于96.6公里。

开启了一生漫长的目睹大英帝国各前殖民地既夹道欢迎又日益萎缩的历程。这场大洪水时刻提醒着我们，春天暴涨的红河河水会吞噬一切。

我们家所在的位置属于怀尔德伍德公园区。整个区域三面环水，一侧边缘分别有一片森林、一家高尔夫球场和一所男生私校。每到夏天，只要清晨大门一开，我们就能消失不见一整天。棒球比赛、曲棍球比赛，体育风潮此起彼落，我们的“队伍”也是分分合合。一到晚上，我们一帮人一边走一边踢易拉罐，一直玩到夜幕降临，听到妈妈们大声喊我们回家的声音，这才互相作别，明日再见。

我们家的一项禁忌就是“玩手枪”。通常，只要有人问一句“玩枪吗?”，大家就纷纷一溜烟地跑回家去拿自己最新款的塑料家伙。可惜，这里面没有我和弟弟。妈妈禁止我们俩玩玩具枪这条“家规”在20世纪60年代，听上去简直就是离经叛道，匪夷所思。当然，这也使我和弟弟成了左邻右舍里最没有危险系数的孩子。

“每一个人都有一把枪!”我冲着妈妈抱怨道。

“你不是每一个人。”妈妈说。

“那我要怎么样才能保护自己？”

“可以用树枝。”

树枝！手拿树枝出去对抗别人的机枪和榴弹发射器？！其实，盖帽枪、杠杆式温彻斯特步枪、现场撞击爆炸的塑料榴弹等有没有发挥出它们在广告里的威力根本无关紧要。一根树枝的确也可以是一种最有效的武器。打仗游戏最主要是塑造出“战争”的英雄主义气概，不是吗？可是，拿根树枝在山茱萸丛中匍匐前进实在是没有手里拿着玩具步枪、腰里别把塑料刀来得像那么回事。

没有“枪”，我们兄弟俩玩打仗游戏就连最基本的摸一把塑料武器的快乐都没有。事实上，想要拥有一件“武器”远比正在使用一件“武器”更有吸引力。1964年，当第一套“约翰尼孤胆英雄多功能玩具枪”① 出现在我们周围的时候，“军备竞赛”就开始了。几乎每一位家长都听到过类似的论调：爸爸妈妈，你们看，美国五角大楼正在因为古巴导弹危机游说美国国会，这说明如果要在这个危险的世界里生存下来，我们就需要购买更多

① 约翰尼孤胆英雄多功能玩具枪集反坦克火箭、反掩体导弹、重复步枪、榴弹发射器、汤米枪、自动手枪和穿甲弹七种武器功能于一身。1964年发布的这款玩具是当年最畅销的男孩玩具。

的武器，也就是说需要更多的钱，这样才能保证我们民主世界的安全不受侵犯。

尽管“约翰尼孤胆英雄多功能玩具枪”的塑料子弹一出枪膛就往下掉，根本射不远，尽管它的榴弹发射器射不出几英尺，发射起来像是在拍慢动作，但是绝对没有机会拥有任何“枪支”的我和弟弟还是无比的失落。在进行“死亡”数字统计这样的关键时刻（“我打到你了！”“别动，我打到你了！”），总会有善于钻研的小伙伴说如果这是一支真的榴弹发射器的话，那敌我双方早都同归于尽了。

“可惜它不是真的。”

“如果不是真的，我怎么会死呢？”

这种质问往往就是对大家一致认同并建构的某个幻象进行了一次福柯式的彻底解构。一个人“出戏”，全局溃散。是死是活原本就是一开始都说好的。可是，就是会有像我弟弟一样的玩家：不管刚才榴弹发射器的发射是多么众目睽睽下的致命一击，他都拒绝“死亡”；刚刚塑料刀砍在他胸膛上的红色“伤口”还历历在目，他就是拒绝接受“阵亡”。还狡辩说自己不过是受了伤，这种伤口根本就不会致命，而且自己多年的“游击队”训练早就造就了他的金刚不坏之身。又或者突然说，就在战斗打响前数小时，他们的军队已经建起了一道隐形防线，所有刚刚射出的塑料子弹早已改变方向，飞去了别处。是呀，玩游戏，谁会想“死”呢？“死”了，不就出局了?！然而，尽管我们的游戏设计乱七八糟，时常让人感到无聊、不解，甚至沮丧、生气，装备也经常掉链子，但我们每个人就是如此兴致盎然，乐此不疲。

或许我们的“战斗”连游戏都算不上，因为几乎没有规则，也没有裁判，就连如何记分都没个靠谱的方法。小伙伴之间关于“到底谁死了”的争论时不时地就演变成了一场“现场厮杀”。一旦情形如此，我和弟弟通常都会立马“离开战场”，回家打开客厅里的黑白电视机，找找看有没有和杰克·拉·兰内①主持的健身节目类似的节目。接着，关掉电视，找出连环漫画书，躺在地上再看一遍。

我们两个百无聊赖又漫无目的的家伙还会一路溜达到红河岸边湿滑的空地上。河边空气里弥漫着一股植物腐烂的味道。有时候，我们会从淤泥里抓出肉眼几乎看不

---

① 杰克·拉·兰内（Jack La Lanne，1914—2011）是美国的健身大师，是最早强调经常锻炼和健康饮食的健身专家之一。

见的灰色小龙虾，仔细地观察上一会儿。有一次，我们俩在一片小空地上发现了一块发霉的毯子，一只空烟盒和两个避孕套。显然，这不是一个我们俩能说得清的“犯罪现场”。幸好，我们俩谁都没揪着这个谜团牢牢不放，而是径直爬到了临水的一棵树上，骑在树杈上，等着看从某个地方漂流而来的尸体。

妹妹艾莉森比大卫小 6 岁，比我小 9 岁。她的到来让全家的结构重新布局，大卫现在成了排行老二的中间孩子。这也就意味着，我们哥俩不得不共享一间卧室。他这个室友着实古怪。一天晚上，我听见他起身下了楼。妈妈也听见了，跟过去一看，他正对着客厅里的电视机撒尿，整个人却还是一副酣睡状态。他还有一个用头猛撞枕头的奇特睡眠法。大卫说他这么做是为了能够尽快入睡，问题是这根本就会事与愿违。

“别撞了！”

“我睡不着呀。”

“天啊，现在我也睡不着了！”

咚！一下。咚！一下。咚！又一下。

因为共处一室，我和弟弟不得已形成了一种“亲密无间”的关系。结果嘛，就是我们俩经常为了个人空间、杂七杂八的闲事、玩具，甚至是乐队排名争吵不休。我和大卫争着说究竟哪个乐队更厉害，是披头士还是戴夫·克拉克五人组？我选“五人组”。我们俩抢着要桌上的磁性冰球套装。它的卖点就是用长长的细线拴着多伦多枫叶队和加拿大队的球员模型。我觉得圣诞老人送来的这份礼物主要是想送给我。毕竟，我才是这个家里真正的冰球队队员。每年我都会在零下二十几度的大冷天在冰面上接受训练。再说，我还读过戈迪·豪[①]的自传《冰球，我是豪！》（*Hockey …… Here's Howe*！）。我和大卫两个人争相用力拍打磁性冰球，玩得特别疯。结果，冰球动不动就被拍出桌面，滴溜溜地满地乱跑。我和大卫下跳棋的时候，每次眼看他就要输了，我正准备暗自窃喜，突然，他大手一挥，棋盘当场“毁于一旦”，接着还来一句，“刚才没下完，这局不算”。

我们俩还一起上钢琴课。我们的启蒙老师特别有耐心，从简短的标准练习曲开始教我们。大卫先上课，我

① 戈迪·豪（Gordie Howe，1928—2016），加拿大著名冰球运动员。

总能在门外听到他不可思议地突飞猛进，感觉怎么一下子就从音阶学习上升到了演奏肖邦的程度，简直就是电影蒙太奇！我呢，一个人坐在隔壁房间里暗自神伤，为弟弟独有的这一份音乐天赋感叹老天不公。就弹琴而言，我实在是做不到自然流畅。我总是急急忙忙弹完上一个音符，又慌里慌张地去找下一个。我可比大卫差不多大3岁呀！这么一想，老天不公就更让人气恼了。家里那架漂亮的“施坦威”钢琴①就此成了大卫的“避难所”，尤其是当他在诸如体育等其他方面表现得不尽如人意的时候。几年之后，启蒙老师告诉我们的父母，大卫天赋过人需要找更好的老师。而我，他说：“在你们家老大身上，嗯，纯粹是有些浪费钱。”

我正在一大片未经修剪的草坪上飞似的追逐着大卫，眼看就要追上了！几个月前，我们全家刚刚搬进这栋有着60年历史的大房子。它布局凌乱，四周是一大片绿地。它离我们之前住的房子不过300英尺②。所以，我们

---

① “施坦威”钢琴是指施坦威公司（Steinway & Sons）出品的优质钢琴，属于钢琴界的翘楚。施坦威公司是一家美国及德国的公司。创始人亨利·施坦威（Henry E. Steinway，1797—1871）出生于德国，后移居美国，并于1853年在纽约曼哈顿成立此公司。但1880年，施坦威家族又重返德国。

② 300英尺约等于91.4米。

全家还是住在风景宜人的怀尔德伍德公园区。大卫朝着路边的一排树丛跑去。突然间，他整个人被反弹了回来，后背着地，跌进了层层叠叠的落叶之中。他满脸是血，一道深深的伤口就在眼睛下方，看上去特别吓人。原来，他不小心迎面撞上了两棵树中间或许已悬挂了数十年的生锈铁丝网。大卫被紧急送医，这已经不是第一次了。妈妈一连好几周都在念叨："大卫这次眼睛没事，可真是个奇迹！"

大卫小时候的确是"事故"不断。尽管大多数情况下，我也脱不了干系。我们俩在卧室玩摔跤，他会一头撞在暖气片上。我拿着冰球棍捅黄蜂窝，结果他被蜇伤。隔壁家从来不咬人的狗咬伤了他的脸。我们一家去温哥华度假，他愣是会和停车收费表迎面相撞。

有一次，我们俩玩枕头大战。当时照看我们的临时保姆就是住在离我们家不远的一位小姐姐。她给大卫出主意，让他在我上下晃动枕头的时候左右出击。我俩在床上又弹又跳，一出《潘趣与朱迪》[1] 欢快上演。结果，我一记枕头上勾拳打在了大卫下巴上，他整个人瞬间就飞

---

① 《潘趣与朱迪》（*Punch and Judy*）是一出古老的传统木偶戏。表演由一系列短片形成，表现两个角色潘趣与朱迪之间的互动。

了出去，嘣的一声头部着地，摔成了脑震荡。

还有一次，我和他一起玩槌球，结果和我们俩玩各种比赛一样演变成了一项“流血运动”。一开始，我和他竞相追逐，想要将对方的球击打出场，让它沿着街道一路滚下去。没多久，两个人的击球就变成了互相掷球。大卫先是藏到一棵树后，接着跑出来冲我做鬼脸，嘴里哼着“呐—呐—呐”，身体摇来摆去，一副取笑、挑衅的样子。这时候我就朝他扔一个球过去，笨重的木球至多也就能扔 30 英尺左右。所以，他一个躲闪安全返回树后。就这样，我们两个来来回回好多次。最后一次，我一边大声咒骂着，一边把球扔了出去。谁能想到，他竟不幸中招。他双膝就像是瞬间被钉子钉到了地上，整个人如一袋土豆似的轰然倒了下去。如果说我们兄弟俩一开始这么玩的时候，这种有可能的结果还显得遥不可及，那么此刻，一切都近在眼前：大卫双手抱腿，在地上痛苦地扭来摆去。有人围了过来，说：“天啊，你把他杀了！”妈妈也过来了，又把更糟糕的情况给我预演了一遍，一边演示一边问我：“如果球击中头怎么办？你想过没有？你压根没想过！这就是问题。”

后来为了补偿大卫，我专门设计了一款新游戏。规则是：在我来回骑车时，大卫把篮球投进我车前的金属丝篮筐。大卫最初的几次高吊球都很有力，当然对着的也不是自行车前筐而是我。我越蹬越快，还故意气他。大卫使出洪荒之力一记猛球就朝我砸了过来，果不其然，一击即中，我从自行车上摔了下来。我躺在人行道上，腿上满是被沙砾刮伤的口子。我拼命含着泪不让落下来。这时爸爸跑了过来，对我说："哟，你设计的游戏精彩呀，真的。你怎么不让你弟弟拿着你的冰球球棍捣你的自行车辐条呢？那就更精彩了。"说实话，刚才我们俩玩得起劲的时候，我的确是有那么半刻想过这一招。

我腿上刮擦的伤口慢慢好了，大卫也和在以往任何一次"事故"中一样从"槌球事故"中痊愈了。那年冬天，我一头扎进了冰球训练中，大卫则继续在书房以他那简直让人生气的音乐天赋在皇家音乐学院的教材中像莫扎特一样演奏得行云流水。而我呢，继续对着每一个音符苦苦挣扎。

我站在屋外，正琢磨着怎么修理我那辆蠢笨的自行车。它身材矮小，蝴蝶车把，香蕉黄的车座和一身亮闪闪的金黄色。横梁处不知从哪儿冒出来一截棍子在那儿摇来晃去。这辆自行车是我自掏腰包，付了整整 56 加元买的。爸妈一开始就反对，问我：为什么就不能买一个尺寸刚好，正常实用的自行车？只是，它（其实，它有个自己的名字，大约就是“呼啸路霸”之类的）可是当年的潮流单品。一想到一年之内它可能就过时了，我也有些后悔。拥有这辆车不过一个月，我便痛苦地意识到爸妈说的全是对的。“呼啸路霸”因为自身的刹车缺陷完全就是一个靠不住且令人沮丧的新鲜玩意。我唯一能自我安慰的是它的确在某些方面有着我爸妈理解不了的炫酷感。再说，我花的是自己的钱。既然如此，那可不就是想买什么就买什么。现在，我是有些尴尬：一面是砸在手里昂贵却不好用的“它”，另一面是我想买却实在没钱买的“正常实用”的自行车。这一次经济和时尚的深刻教训让我真心难受，懊悔不已。

我能想到的唯一办法就是把“它”推销给我那易受影响的弟弟。他现在骑的就是我之前淘汰的二手车，一辆靠得住的CCM①。我下定决心准备和大卫来一轮以“新二手车”易“旧二手车”。

爸妈出门几天，外婆过来帮忙照顾我们。外婆乔治

① CCM是加拿大的一个自行车品牌。

娜·迈因兰是一位特别虔诚的长老会①教友，但她却因为距离问题平日里参加的都是加拿大联合教会②的活动。尽管如此，她还是极其严格地遵守着长老会的规矩：周日绝对不玩牌。外婆为人热心，整天忙忙碌碌，烧得一手实在不敢恭维的苏格兰风味菜，更是酷爱整洁，连门外的人行道都会尽心打扫。通常她一边打扫，一边口中哼唱有词。我想她应该唱的是赞美诗。

一天，只听屋顶上面有动静，感觉就像是一只大鸟刚刚降落。我抬头一看，只见大卫正在往高处爬，浴室窗户的纱窗已经被他给卸了下来。他双腿叉开坐在屋顶上，直直朝下望着正在打扫人行道的外婆。吓人的是，他离屋顶边缘实在是太近了！

“乔治娜·迈因兰，”大卫故意压低嗓音，深沉地说，“这是上帝的声音。你——是——罪——人！”

外婆腾地跳了一下，就在她那加尔文式的恐惧被点燃之前，突然缓过神来，意识到这绝对不可能是上帝的声

---

① 长老会或长老教会是基督教新教三大主要流派之一，又称加尔文派，产生于16世纪的瑞士宗教改革运动。

② 加拿大联合教会（the United Church）是加拿大最大的基督教新教流派，重视与其他宗教的对话，参与普世教会合一运动，但其教会组织遵循长老制。

音。她一抬头，大卫原本想要快速闪回去，可惜没来得及。

“大卫·吉尔莫，天呀，你怎么会……你快给我从屋顶上下来！”

“上来呀，上来抓我呀。”

外婆当然不可能上得去。再说，他穿过浴室上房顶的那道门可是能够反锁的。

“马上给我下来，不然我就告诉你爸妈。”

“啊哈，他们现在可在美国的明尼阿波利斯市。”

外婆略显迟疑。她那么节俭，怎么可能为了这点事打一通长途电话。大卫就在屋顶边上，我和外婆心里都有些紧张。万一掉下来，不是落在石头上就是一头栽地，后果不堪设想。

“要么你下来，要么我……我就把你的自行车给弄坏！”外婆大喊一声。

“你要弄坏我的自行车？！”

我和大卫都有点不知所措。他的自行车——就是一个月前我“淘汰”给他的那辆“旧二手车”——这会儿就斜靠在房子的一面侧墙上。外婆径直走了过去，一边走一边抬头看着屋顶。大卫呢，正危险地攀在边缘往下看。

外婆推了一把那辆自行车，只听它撞在石头上嘎吱作响。

“小意思，没什么大不了的。”大卫说。

外婆又往上看了一眼，然后噌地跳上那辆自行车，一下把后轮辐条给弄坏了。

“你在做什么？你要——”

大卫从屋顶边缘爬了回去，我能听见他从沥青瓦上往下滑回到浴室窗户的声音。外婆跑进屋去拿自己的木勺。我走过去一看，那辆自行车——它，真的坏了。五分钟前我还在盘算的“以物换物”计划就此化为泡影。我能听见自己心潮翻涌，就像一出平日里看的英国闹剧一样在心里砸门千百遍。这则故事的结局就是大卫回到卧室躲进被窝，外婆拿着木勺狠狠地冲着床上隆起的大包打了下去。

一到夏天，我们全家通常都会去安大略省的小镇佛朗西斯堡住上一个礼拜。这个有着 9000 人口的纸浆小镇是爸爸的故乡。我们一路往东驱车四小时就回到了爷爷奶奶维多利亚式的大房子里。叔叔、伯伯家有时也会过去。13 岁那年的夏天，我、大卫和堂兄彼得一起去当地的皇家剧院看电影。没想到，有点被当地的孩子给吓到了。

我们买的票是套餐“电影买一送一”[1]。就在看其中无明星阵容的那一部时，坐在后排的一些当地孩子故意拿着手中的牛奶糖豆打我们这些“城里孩子”的后脑勺。我们看的另外一部是个越狱片。回到奶奶家，我和彼得就一起像电影里的囚犯那样将床单打结连在一起，一头绑在二楼阳光房的一张简易单人床的床腿上（这个床怎么看也和监狱里的差不多），另一头吊着大卫出了窗户。楼下客厅里，奶奶正在招待一群教会姊妹喝茶聊天，不想突然看见客厅的大落地玻璃窗上出现了大卫晃晃悠悠的身体。结果，我们的临时“绳索”还不够长（这个桥段怎么也和电影里的一样），大卫就在最后 6 英尺[2]的时候跌落了下去，掉在了奶奶家的花园里。

奶奶冲到花园，责备大卫毁了她的花。爸妈则对着我，一顿指责：“你到底脑子里在想什么呢？把一个 10 岁的孩子从二楼的窗户给吊出去?!”

危险，又一次顿时清晰了起来。我承认自己没有考虑周全。紧接着，劈头盖脸又是一通说教：即使是刚刚看

---

① “电影买一送一”是一种二十世纪三十至六七十年代在北美颇为流行的电影放映形式——院线经理以一张票价同时观看两部电影的方式进行运营。

② 6 英尺约等于 1.8 米。

完电影，那也不能拿自己10岁的弟弟来模仿。从窗户翻出去是会死人的，你不知道吗？方圆十英里的每个人都以为你们俩是罪犯抚养长大的……这次弟弟没事，可真是个奇迹……

一周后，我们在奶奶家昏暗的门厅里为第一次出门钓鱼做着准备。大卫拿起一根鱼竿，在走廊模拟钓鱼。他一个猛甩，鱼竿飞了出去。结果，就在鱼竿从后往前飞动的时候，鱼钩偏偏一下刺穿了他的耳朵。大卫站在门厅号啕大哭，爸爸不得不用剪铁丝的钳子把鱼钩弄断。后来，我们还是坐上了前去钓鱼的汽船。我们身上穿着那些颜色早已从先前的大红色褪成了如今淡淡粉红色的救生衣，感觉很不舒服。进入钓鱼区，我们一个个百无聊赖地等着鱼儿上钩。“这就是生活，”船上的一位男士对着我们说，“片刻欢愉的前后往往都是无聊和沉寂。”

我和大卫的童年生活既幸福快乐却又状况不断。他那时候的样子在记忆里总是那么新鲜生动。他天真诚实，阳光灿烂，喜欢冒险，有着怎么晒也晒不黑的白皙皮肤和一头即使在百利发乳[①]流行的年代也显得很长的白金色

---

① 百利发乳（Brylcreem），英国百年老品牌，宣称可以维护发型、改善发质。

长发。他有着异于常人的音乐天赋，很聪明但学习成绩一般。就连叛逆，他也彰显出一股中产阶级的气质，绝对不是那种连根拔起的革命式，尽管在他的头脑风暴里也曾涌现过设置路障一类的抗争手段。

我16岁那年，爸爸有了一个去卡尔加里的工作机会。他接到一所大学筹建“环境设计”这个新专业和新学系的邀请。经过再三考虑，爸爸决定接受它。大卫和我其实都不愿意搬家。搬往新城市，我们就必须去新学校，结交新朋友。更何况，当时我读高一，大卫读初一。然而，我们最终还是以各自不同的方式拥抱了卡尔加里所在的加拿大西部。我一有机会就前往西部山脉滑雪。大卫则开始练习班卓琴，玩起了“蓝草音乐”①。他酷爱这一类型的音乐，开始带回家各种不知名的乡村音乐唱片，一头扎进了正在迅速崛起的乡村音乐的别样世界：爱美萝·哈里斯②、“飞天煎饼兄弟”③和“紫色鼠尾草的新

---

① 蓝草音乐（Bluegrass Music），美国民间音乐的一种，属于乡村音乐的分支，深受爱尔兰、苏格兰和英格兰传统音乐的影响。

② 爱美萝·哈里斯（Emmylou Harris，1947— ），美国乡村音乐代表人物，歌手、词曲作家、音乐制作人。

③ “飞天煎饼兄弟”（the Flying Burnito Brothers），美国的一支乡村摇滚乐队，自20世纪60年代开始组团活跃。

骑手”①。他给自己买了牛仔靴、花哨的皮带扣、牛仔帽和防尘罩衫，看上去简直就是从“意粉西部片”② 里刚走出来。他长发披肩，身形清瘦，是一个整天乐呵呵的年轻人。

我们家住在卡尔加里城西，能清楚地看见落基山脉。卡尔加里当时是北美发展速度最快的一座城市，建筑起重机在市中心星罗棋布，整个城市的新区正在大面积地向西拓展。1970 年代的石油繁荣让我们这一代人都觉得前途似锦，未来可期。

我和大卫在卡尔加里没能上同一所学校。我去了一所正在建设中的新学校。我们两个人见面的机会和频率便大大地减少了。高中毕业后，我出于能一直滑雪的考虑，选择继续留在卡尔加里读大学。大卫高中毕业以后就开始追寻自己的音乐梦想，和几个朋友一起组建了一个乐队。他开始四处打临工，周末玩音乐。一位曾经性格开朗的少年变成了一个冷酷淡漠的社会青年，一个无法忍受半点孤独的男人。事实上，他几乎从没有一个人生活过。从家里搬出去以后，他很快就和漂亮的女友卡罗琳

---

① “紫色鼠尾草的新骑手”（the New Riders of the Purple Sage），美国的一支乡村摇滚乐队。

② “意粉西部片”（Spaghetti Western），美国西部片的一种类型，泛指美国 1960 年代多由意大利裔美国人拍摄和监制的西部片。

开始同居。让我倍感意外的是，他们俩居然真的结婚了！那不是一个提倡早婚的年代，而大卫看上去又是一个如此桀骜不驯、离经叛道的年轻人。没多久，他们的女儿艾薇出生了。大卫还买了一辆新车。突然之间，我的弟弟大卫有了一副社会认可的成年人的生活模样。而我呢？还在东闯西撞，不停地约会，根本不清楚自己这辈子究竟要做什么。相比之下，弟弟大卫做了丈夫，成了爸爸，还时不时驾驶着一辆新本田四处兜风。

然而，如此“循规蹈矩”又岁月静好的日子并没有持续多久。大卫很爱自己的小家，但他似乎更爱音乐。他和朋友们一起在别人家玩音乐，回家越来越晚。没多久，他离婚了。他开始参加不同乐队的演出，最后搬去了卡尔加里以北 2300 公里、位于育空地区的白马城①。我则怀揣着成为一名作家的梦想往东搬到了 2700 公里以外的多伦多。之前同在卡尔加里，我们俩之间的互动就不频繁。如今，横亘在我们俩之间的是大半个加拿大。每隔好几年，我们兄弟俩才有机会见上一面。

妈妈理所当然地成了全家的信息传递员。她传递的有关大卫的消息总带着一股乐观气息，尽管很长一段时间

---

① 白马城（Whitehorse），又音译作怀特霍斯城。

以来，他都被看作是全家的“不肖子”。他频繁更换女友。妈妈每次都会从“妈妈的角度”衡量一下对他来说，这一任究竟好还是不好。然而，几乎每一任的评估结果都不理想。再后来，大卫有了一个长期的固定女友。妈妈这一次心满意足，觉得他俩最最合适不过。然而，待到大卫再婚，却另是他人。妈妈对大卫的第二任妻子一直心怀顾虑。

20年来，我和大卫之间满是“距离”。我没有去过白马城，对他生活的地方没有任何直观的感受，也不认识他在那里交往的任何朋友。我曾经想象过他的日子：在酒吧玩音乐，在肆意延长的青春里快意人生。

加拿大人通常会选择北上重塑自我。当你面对安大略湖或者印第安纳那令人窒息的美景，会感觉到自己重获新生。然而，并不是每一个人都能领略北方的魅力。在经历第一个暗黑漫长的冬季之后，很多人会重返家园，再次回到旧日轨道。那种感觉就像是在某个寒冷的日子，你再一次套上了湿漉漉的游泳衣。我原以为大卫会从白马城搬回来，不说其他，那里的严寒本身就能击退他。然而，并没有。他在那里一待就是20年。

48岁那年，大卫将自己的卡车停在了白马城以南30英里[①]的阿拉斯加公路旁的一个休息区，独自走进了育空河。卡车座位上留下一个安眠药“尼托儿”的空瓶，盒式磁带卡座里放着一张大卫早先参加一个卡尔加里乐队时录制的磁带。车窗敞开，车油耗尽。那是十二月初的北方，气温低至零下二十三度，是那一年冬天开始寒冷的第一天。育空河边业已结冰，但水中央依旧潮流涌动。大卫的牛仔帽就放在卡车旁的空地上。雪地里留下一串脚印，一直延伸到水中央。

我的弟弟，大卫，应该是一位出色的好演员，有着将自己的世界分层划分的绝世好演技。差不多大半个白马城的人都认识他，他也在城里各个阶层中混得逍遥自在。那些最后见过他的人都说，他看上去毫无异样，甚至是神采奕奕。我似乎看见他一个人站在河里，在午后日渐消隐的阳光里站成了一幅剪影。我一直在想，一直在问，究竟为什么他会走到了这一步。

---

① 30英里约等于48.3公里。

第二章

一个完美的世界

2005年11月，大卫投河前三周，我和爸爸在美国宾夕法尼亚州参观弗兰克·劳埃德·赖特设计的流水别墅①。爸爸本身也是一名建筑设计师，20世纪50年代在波士顿读研究生的时候，还曾参加过赖特的一次公开讲座。他参观过赖特设计的多个建筑作品，也十分认同对方的设计理念，并以之为基础设计了我们在卡尔加里城西的房子。但有意思的是，他未曾参观过赖特这座闻名世界的流水别墅。所以，借着庆祝他75岁生日的机会，我建议一起去一趟。当我告诉他这个计划的时候，他竟眼泛泪花。我们的这趟旅程也因此有了一丝朝圣的意味。

早先，我们全家有过很多次的朝圣之旅，像是年少时被迫参加的欧洲大教堂之行。记得爸爸对着我们兄弟俩

---

① 弗兰克·劳埃德·赖特（Frank Lloyd Wright，1867—1959），美国知名建筑设计师、作家和教育家。他强调建筑结构需要与人及其周边环境统一协调。他的建筑哲学被称为“有机建筑”，其中建于1935年的流水别墅（Fallingwater House），也译作“落水山庄”，是其代表作。

兴致盎然地介绍那些飞檐扶壁、雕花拱顶，我们俩似懂非懂，一个劲地点头示意。我对建筑的大部分兴趣其实都来自父亲为家人或设计或装修的房子上。他所秉持的理念是建筑设计会影响人的行为，建筑空间理应让人过上更美好的生活。这些理念始终在建筑设计的历史长河中闪闪发光。正是这样的理念使得19世纪生活在伦敦的穷人们摆脱了贫民窟的生活。它在给我们带来高高矗立的公共建筑发展丰碑的同时，也带来了大规模糟糕的公共住房发展规划。英国前首相温斯顿·丘吉尔曾经说过："我们建造房屋，房屋塑造我们。"就我们家而言，的确如此。我觉得自己深受住房环境的影响。这恰是赖特想要通过流水别墅表达的东西。于是，参观这座堪称"全美最著名"的别墅便成为给爸爸最完美的一份生日礼物。

我们抵达匹兹堡机场后买了一张宾夕法尼亚州的地图。真没想到，它展开后竟戏剧性地有15平方英尺①那么大。就在我们准备离开机场的时候，突然听见有人呼叫爸爸的名字，礼貌地通知他去接听一通电话。原来是妈妈打来的，她紧急告诉我们早先在流水别墅附近预订的旅店因为一场突如其来的非季节性风暴暂停营业。大

---

① 15平方英尺约等于1.4平方米。

风刮倒的大树切断了一整片区域的电源，流水别墅也因此关门谢客了。

接完电话，爸爸努力想要表现得云淡风轻。但实际上，他深受打击，十分气馁。他早已按照自己以往事无巨细的风格将这次旅程安排得妥妥当当。可是，这一切在我们踏出机场前就没有了意义。我们在匹兹堡市中心找了一家酒店，吃完午餐后散步穿过安迪·沃霍尔大桥来到安迪·沃霍尔博物馆。博物馆很冷清，就像是被废弃了一般。整栋楼好几层都献给了这位出生于匹兹堡的艺术家。沃霍尔一生勤奋，有着一种邻家男孩般朴实无华的气质，用美装点着自己的世界。博物馆里展出的每一幅照片，不论他身边是米克·贾格尔①、霍尔斯顿②，还是伊迪·塞奇威克③，脸色煞白的沃霍尔都是一副毫无表情的样子。天生好奇的父亲被眼前这个沃霍尔的世界深深吸引。我站在一旁，心想：这是个什么样的生日礼物？

---

① 米克·贾格尔（Mick Jagger，1943— ），美国摇滚乐手，“滚石乐队”创始成员之一。

② 霍尔斯顿（Halston，1932—1990），美国知名服装设计师，拥有同名服装品牌。

③ 伊迪·塞奇威克（Edie Sedgwick，1943—1971），美国 20 世纪 60 年代知名影星，社交名媛。

夕阳西下，我和爸爸在酒店房间开了一瓶苏格兰威士忌。我粗略翻看了一下富兰克林·托克[1]撰写的《流水别墅传》（*Fallingwater Rising*）。这本书详尽记录了流水别墅的前世今生。爸爸其实对它的历史和工程建设方面的轶事（尽管其中不乏杜撰伪造的成分）耳熟能详。我们喝完酒一起下楼沿着寂静的街道缓缓前行，沿途随意选了家餐厅走了进去。爸爸在餐桌上给我讲起流水别墅悬臂式阳台在建造上的技术困难。多年过去，它的阳台已经有部分开始下陷，不得不进行加固处理。爸爸还讲起赖特的一生，其中不乏人世的沧桑与痛苦。

此次父子二人出门在外的状态在某种程度上得益于早年间两个人一起观看某场足球比赛或者一起去钓鱼时所建立的父子关系。记得 13 岁生日那天，父亲单独带我去海兰牛排屋吃生日大餐。那一次让我有一种参加仪式的正式感。我穿上灯芯绒西装外套，打上领带，带着一脸的青春期荷尔蒙雀斑准备出发。就在这时，10 岁的大卫拿起我的生日蛋糕，假装要一把扔到我脸上的样子。他

① 富兰克林·托克（Franklin Toker，1944—　），美国艺术与建筑史教授、作家。

想和我开一个《三个臭皮匠》[1] 一类的喜剧玩笑。他像个杂耍演员那样双眼圆睁拿起蛋糕盒翘起的一角。忽然，蛋糕从纸盒底座上滑了出来，一下就全摊在了地板上。哦，我们原本计划晚餐过后回家一起吹蜡烛吃蛋糕。看着珍妮面包房用糖衣和花式字体写的我的名字摔了个粉碎，大卫哇得一声就哭了。我和爸爸还是按计划出了门，只好将收拾烂摊子的任务留给了妈妈。我至今还记得海兰牛排屋里暗黑色的木质装修风格，浓浓的烟味以及服务员的爽朗笑声。那一次，我真的很开心。

我和爸爸在匹兹堡聊起了大卫。

“每一次和你弟弟争论，我和你妈从来都没赢过。”爸爸说。

他曾经试图劝说大卫先上大学但毫无效果。爸爸是拿着奖学金去的麻省理工，兄弟三人又全是教授。毫无疑问，读书是这个书香门第唯一的家族传统。妈妈最爱念叨的一句话就是：教育是成功的关键。然而，大卫对此不以为然，他觉得自己的才华足以支撑自己的生活。

爸爸回忆起自己当年和妈妈一起对弟弟的各种规劝。

---

① 《三个臭皮匠》（*Three Stooges Joke*），美国 20 世纪 20—70 年代非常受欢迎的一个喜剧。

"难道你要等到 40 多岁，还在一个烟熏火燎的酒吧对着一群醉汉演奏音乐？"弟弟 48 岁时就过着这样的日子。只是，他的才华再也没能撑住他。

爸爸也曾劝大卫放弃大麻。

"你不也是工作完回家就喝酒？"大卫争辩道。

"那我也没一起床就马上喝呀。"父亲反唇相讥，还补充说自己喝酒合法合规。

大卫做过五花八门的工作。前不久，他刚刚得到一个在白马城第一家科尔斯书店①担任经理的工作机会。这件事让爸妈非常高兴。大卫也因此前往温哥华参加了一个经理人的培训项目。按计划，这家书店将在几周后正式营业。

我和妹妹都为大卫的这个新动向感到如释重负。一直以来，我们都担心他真的变成雷蒙德·卡佛②笔下的人物。现在，终于可以期待大卫即将过上收入稳定的全新生活。

然而，谁能想到全家唯一一个对即将到来的新生活并

---

① 科尔斯书店（Coles bookstore），加拿大知名连锁书店。最早于 1940 年在多伦多大学附近开始营业。

② 雷蒙德·卡佛（Raymond Carver，1938—1988），美国短篇小说家。作品以极其简练的风格著称，其笔下人物往往是生活充满悲伤与失败的社会边缘人。

不欢欣鼓舞，甚至无法释怀的是大卫本人？尽管那时，我们对此一无所知。就在我和爸爸兴高采烈地谈论大卫的新生时，谁又能想到他正陷落在想要亲手结束自己生命的念头里？

1934 年，处于人生低谷的弗兰克·劳埃德·赖特接到设计流水别墅的邀请。那一年，他 67 岁。在之前的好些年里，赖特因为缺乏设计佳作而在美国的声誉日渐式微。来自欧洲的建筑师及其所倡导的现代主义建筑理念让他的职业处境雪上加霜。大家都在谈论世界主义，谈论房子犹如一架机器。相形之下，赖特所坚持的那种建筑理应要流露出草原般的广阔与细腻的想法蓦然就透出一股温斯洛·霍默[①]画作中的古旧之气。最让赖特义愤难平的是，他坚信这些欧洲同行窃取了自己建筑作品中的“形与意”并对之重新包装，过滤了其中突出人性的那一面，而以一种所谓的“未来感”四处兜售。

所以，当匹兹堡百货公司的老板，埃德加·考夫曼出资邀请他为自己设计一栋周末别墅时，处境艰难的赖特自是将它视作绝地反击的战场。他想要用一栋流水别墅

① 温斯洛·霍默（Winslow Homer，1836—1910），美国风景画画家和版画家，被认为是 19 世纪美国最重要的画家之一。

向那些来自欧洲的建筑师公开叫板。这栋位于宾夕法尼亚州的内陆别墅注定要成为一个标志性的不朽之作。当然，一贯生活奢靡的赖特正急等着用钱。

考夫曼是一位名声在外的花花公子，婚姻生活一败涂地，与儿子小考夫曼的关系也十分疏远。流水别墅遵循了赖特一贯的设计风格，即相比于面积不大的卧室区，整栋别墅的重点都集中在宽敞明亮、注重细节、富丽堂皇的中央客厅区。如若赖特按照考夫曼真实的家庭生活设计，那他应该设计出三间特别大的卧室和一个小小的公共空间。然而，赖特试图运用自己的空间布局影响和塑造考夫曼的世界，他想要一个完美的世界。

爸爸为全家设计的房子也采用了同样的设计理念。小巧的卧室与一整层开阔的公共空间。客厅区的落地大玻璃窗足足有两层楼那么高。壁炉被安置在客厅的中心位置，这一点也和赖特设计的许多住宅一样。爸爸是在为自己梦想中的家设计一切。不过，那个时候，我们家的确就是他梦想中的样子。

第二天一早，天空碧蓝如洗，我和爸爸两个人精神饱满。我们决定无论如何都开车前往流水别墅，万一它重新开放了呢？我们离开匹兹堡市区往南驶去，沿途看到暴风雨过后的些许痕迹。车外浮光掠影，远处山顶上已有小片积雪，树叶仍旧挂在树梢，柔美的彩色森林沿着阿利根尼山脉一路翻滚起伏。当云层聚集，眼前的景致又显现出电影《猎鹿人》① 中那股清冷严酷的样子。不过也是，当年这部电影就是在这附近拍摄的。沿途的城镇、村庄和乡野散发出一股坚毅、凝固、宗教般的厚重气息。离目的地越近，反而越发看不到暴风雨的痕迹。流水别墅怎么就关闭了呢？

我们顺路先在赖特后期的另一部作品——建于 1954 年的别墅“肯特克·诺布”前稍做停留。赖特在完成这项工程五年后便以 92 岁的高龄与世长辞。“肯特克·诺布”离流水别墅不远，从中同样可以领略到赖特很多标志性的建筑理念。其中，有一件被他称为“客户省心家具”的单品：一整面墙的内置式长椅。这座房子的内部装修以及包括刀叉、盘子在内的所有家居用品都是由赖特亲自设计的。他打造了一个完整的全新宇宙，你所要做的不过是走进去，感受它，占有它。

我们在“肯特克·诺布”的纪念品店买了几张明信

---

① 电影《猎鹿人》（*The Deer Hunter*）上映于 1978 年，是一部美国史诗战争电影，聚焦于越战。

片。我发现其中一张内景图片上家具摆放的位置与赖特的最初设计并不一样。我对爸爸说："看，家具摆设有人动过。"

"这可能就是引发这场突如其来的暴风雨的根源。"

我们兄妹三人出生长大的怀尔德伍德公园区完美地体现着一个乌托邦式的城市发展规划。它所采用的正是赖特有关"环境会影响人的行为"这样的设计理念。赖特未能实现的一个项目规划就是"广亩城市"①。"广亩城市"不仅是赖特试图表达的社会哲学，也是他想要体现的建筑模式。当然，想让人们拥有更美好的生活方式的建筑师不止赖特一人。另外两位建筑设计师，克拉伦斯·斯坦和亨利·赖特就在美国新泽西州的菲尔朗镇设计规划了一片住宅小区——"雷德朋新镇"②。他们称之为"汽车时代的住宅小镇"。"小镇"采取了人车分离的道路设计，且每一户住家的门前都是一大片的公共花园，

---

① 1932年，弗兰克·劳埃德·赖特在其著作《消失的城市》（*The Disappearing City*）提出了一个名为"广亩城市"（Broadacre City）的城市规划概念构想。主张取消大城市，采用分散的城市布局。

② "雷德朋新镇"（Radburn）所展现的设计规划理念后来又被称为"雷德朋"体系。整个居住小区由克拉伦斯·斯坦和亨利·赖特主持设计，建于1928年。它是汽车时代全面到来之前，设计师在居住环境上首次充分考虑到私人汽车对现代城市生活的影响，开创了一种全新的居住区与街道布局模式，对后来的城市规划与居住小区建设影响巨大。

由此创造出一个邻里之间可以积极互动的空间。

“雷德朋新镇”所展现的与所代表的设计新模式在世界各地被复制借鉴，譬如美国加利福尼亚的戴维斯、日本大阪以及我们兄妹三人长大的怀尔德伍德公园区。怀尔德伍德的房屋外形简单，主体设计只有三种，其中两种稍有不同。房屋外立面是一层据称很安全的石棉瓦，散发出柔和的色彩。一座巨大的公园将房屋四周连接起来。于是，我们在一整片绿意盎然、遗世独立的小天地里备受保护，肆意撒欢。因为整个区域在外观上显得低调、平凡，所以在开发之初的 1948 年并没有引来各方关注。随着人们纷纷开始进行房屋装修以期配得上如此设计巧妙的外在环境时，怀尔德伍德公园区也就变成了一块煊赫一时的建筑飞地。

尽管少年时期的我和弟弟对这背后的一切毫无概念，但我们的成长的确赶上了北美中产阶层发展的黄金时代。整个世界，至少在我们生活的那片角落，一切都消费得起。当时我们家房子的花费差不多是父亲作为教授和建筑师一年的收入所得。然而，待我长大成年，在多伦多购买那栋差强人意的房子时，它的支出却是我个人年收入的 12 倍。尽管当时两性收入差距巨大，但在男性范围内，经济收入却体现出广泛的平等性——一位公司执行总裁的收入是一名普通工人收入的 24 倍。在今天，这个数字是 321 倍。

社会阶层向上流动的本质其实就是货币流通。日益发展壮大的中产阶层实际上是由一个充满活力的工人阶层支撑维持的。他们中的很多人，对当时的我来说，就是各式各样的快递工。我们有一个牛奶工负责将牛奶送至家门口，有一个名叫高德的面包师傅一周来家里两次。爸爸的衬衫每次都会送去昆顿干洗店。洗好之后，装进纸带封口的专用纸盒，再由醒目的绿色小型送货车运送到家。当我出麻疹时，我们的家庭医生，一位务实的土耳其人会登门检查。记得他说了一句："没事，他一定会活下来。"每一年，我们家里都会多出几样让生活变得更美好也更有趣的新鲜东西——彩色电视机、看上去笨重又不怎么好用的洗碗机、电缆、脊髓灰质炎疫苗（当时我们学校就有几个孩子有明显的跛脚或者在使用有钢铁支架的脊髓灰质炎辅助拐杖）、动力转向方向盘。对了，还有音乐，令人赞叹的音乐作品层出不穷。摇滚乐，带着它的纯真与叛逆引爆全场。

在那样一个历史节点，我们犹如生活在卡米洛特城堡①之中。我们所在的社区是当时为数不多的城市郊区。然而，就在温尼伯城北，贫穷与悲惨遍地皆是。只是，同在温尼伯长大的我们却从未有目睹的机会。

我们家还进一步强化了人们对于中产阶层的美好想象。男主人英俊潇洒，教育背景优良，在大学任职的同时还是一家新兴建筑公司的合伙人。女主人漂亮优雅，意志坚定。以今天的标准来看，我爸妈年纪轻轻便已为人父母。他俩初识于爸爸来温尼伯读大学的时候。当时，爸爸租住在外婆家，一来二去，就爱上了房东家这个有着一头红发的姑娘。因为还有其他竞争对手在一旁虎视眈眈，爸爸决定先下手为强。他们俩都是简洁有质感的现代美学的拥护者，所以选择的家具是清一色柚木质地的简洁北欧风，而当时的邻居还大多停留在英殖民时期的审美标准：枫木餐桌套椅、喧闹的大花沙发，甚至在沙发上再铺上一层塑料布。我们家还有一套高保真音响、爵士乐唱片和随处可见的烟灰缸。

我们与左邻右舍之间的关系不远不近。一眼望去，家

---

① 卡米洛特（Camelot），又译卡洛美。卡米洛特城堡，传说中英国亚瑟王（King Arthur）居住的城堡。

家户户都很类似。然而，每一扇房门后究竟正在发生着什么，无人知晓。那些不为人知的酗酒、抑郁以及推动“从众时代”① 走向终结的疯狂暗涌都要等到更晚的时候才会一一显现。

我 14 岁那年，我们家购置了一栋一战时期的老房子。它占地庞大，位于怀尔德伍德公园区的边上。换句话说，我们仍在景色迷人的老社区继续生活。这栋房子原来的主人是一位丧偶独居的老太太。后来因为和街对面的百万富翁喜结连理，便将这栋房子在市场上挂牌出售。它可真是个老古董，一副破败不堪的样子：一个烧炭的壁炉、老旧的厨房、破碎的油毡纸以及用木屑填充的墙壁。整栋房子采光不好，昏暗得令人难以置信。我和大卫、爸爸一起铲除原先的旧地板时，竟然还发现了 1913 年以浓密的油印字体印刷发行的旧报纸。报纸上还刊登着一则苹果醋润发油的广告。这座房子“吓人”的状态让大多数买家都望而却步。所以，我们家最后几乎是以白菜价买下了它。

---

① “从众时代”（Age of Conformity）主要是指美国社会在 20 世纪 50 年代流行的一种社会生活趋同性。大家被鼓励遵循群体准则，男女两性在二战期间的临时社会分工和就业模式被重申的传统角色分工所取代。每个人试图过上群体期望的生活，譬如达到有房有车有孩子有狗的生活状态。

父亲对整栋房子进行了全新的规划。原来的车库被改造成了放置湿衣鞋袜的换衣间，地面铺上意大利瓷砖，屋顶新开天窗，让阳光照射进每个角落。我们主要活动的那一层将所有的多余墙体全部拆除，创造出了一个富有流动感的广阔空间。我和弟弟两个人以 1 小时 50 分的价格承包了用锤子敲打墙壁、打碎石膏板和拆卸木板条的工作。我们俩也因此获得了释放巨大的破坏性能量的好机会。当彻头彻尾的改造工作完成之后，这座老古董散发出了不可思议的迷人气质，呈现出一种传统的草原质感与现代主义特色相结合的完美状态。

房子竣工时，我们一家人在房前合影留念。每个人都散发出 20 世纪 60 年代朝气蓬勃的气息。我们坐在秋日色彩斑斓的落叶上，身旁还有一只甜美的宠物小狗。照片上，父亲留着当时非常时髦的短胡须。我呢，看上去是一个沉默寡言、郁郁寡欢却又暗自盘算如何“反抗”到底的青春少年。妹妹艾莉森那年 5 岁，正是个人见人爱的小女孩。大卫夹在我俩之间，是一个有着金色头发、蓝色眼睛、肉乎乎脸蛋的小小少年。可惜这张照片上没有正在负责拍照的妈妈。

全家福总会彰显出它的时代感和年代感。只要时间段类似，大多数家庭的全家福完全体现着同一套拍照模板：相同的姿势、类似的构图、相差不大的服装、相近的发型，以及差不多一样的拍摄技术。我有时翻看朋友家的老照片——短发、马德拉斯棉布衬衫、空旷的草坪、在自家车道上闪闪发亮的庞蒂克①牌汽车——哦，突然有一种我们两家的照片可以完全置换的恍惚感。不过，看自己家的老照片，我能看见每一张照片后我们所生活的那个时代，能看到相框之外的一切：我们每一个人的才华与局限、包容与对抗，还有将我们彼此深深连接在一起的温暖亲情。如今，老照片上每一张纯真的脸庞都已成熟而复杂，有一些结局也已了然于心。于是，回过头再翻看这些记录着过往岁月的家庭相册，会不由得想起罗兰·巴特②的那句话："每一张照片都蕴含着一个可怕的事实——死者归来。"

照片上这座翻新的老房子是如此的独一无二，无形中让居于其间的我们也都觉得自己是如此的独一无二。随着20世纪50年代——"从众时代"的价值观被全面挑

---

① 庞蒂克（Pontiac），又译作潘迪，通用汽车公司的汽车品牌。该品牌汽车的特点是线条流畅，有跑车的味道，1926年开始在北美上市。2009年，通用汽车公司正式宣布取消此品牌。

② 罗兰·巴特（Roland Barthes，1915—1980），20世纪法国著名思想家、文学批评家、作家和社会学家。

战，彰显个性、标新立异的60年代正在逐渐到来。这座房子既是对过往的反思亦是对未来的确信。

大卫是个特别诚实的孩子，对人对事都少有戒备。我有一种近乎木讷的害羞，经常拿大卫当挡箭牌。凡是遇到问路、和其他成年人打交道或者任何需要与人互动的事情，我都指使他“冲锋在前”。他往往也就成了替罪羊或者易于攻击的靶子。有一天，妈妈正在缝东西。天啊，这是有多难得！她突然问我和弟弟：“别针怎么都不见了？”

“大卫吃了。”莫名的瞎话，我脱口而出。

“你？——都吃了？”妈妈问站在一旁的大卫。大卫看了看我，点了点头。怎么连哄骗4岁小孩的伎俩也成功了？

“我的天啊！”妈妈连忙把我们俩塞进雪佛兰的科迈罗的前座一路急驰开往医院。几个月前，拉尔夫·纳德刚刚在他的新闻曝光节目《任何速度都不安全》（*Unsafe at Any Speed*）中将科迈罗形容为一辆自身就能引发交通事故的车型。我们冲出家门前妈妈还抓了一把面包，路上不停地将面包塞进大卫的嘴巴，期望着柔软的面包能减轻根本就不存在的别针创伤。大卫一面大口嚼着这些毫无营养的白面包，一面等妈妈斜着身子专注开车时，把自己嚼得湿漉漉的面包团塞进妈妈的钱包。我们三个人谁也没系安全带，就像是一起坐在一张长椅上，每一个转弯都被甩得左摇右晃。到了医院，X光检查根本不可能找到什么别针。回家路上，妈妈重重盘问。故事的结尾自然是我们两个“同伙”含泪供认“犯罪事实”。

每次全家自驾游，我和弟弟都不得不“亲密无间”。爸妈总会放倒科迈罗的后座（这样一来，安全系数岂不是更低了?），妈妈在上面铺张毯子，我和大卫就四仰八叉地躺在那儿。一路上，我看书，大卫无所事事。他没法在行驶的汽车里看东西，偶尔还会晕车呕吐。他百无聊赖，便时不时地故意逗我。我生气地在中间画一条无形“三八线”宣示主权。可惜，收效甚微。每次一转弯，我们俩不可避免地一会儿朝左，一会儿朝右，向同一个方向倒过去，紧接着就扭打在一起。爸爸一个刹车开到满是沙砾的路边，尘土飞扬，我们俩被一顿教育——要时刻保持团结友爱，不知道吗？此刻，美国中西部史诗般的自然风光尽在眼前。

教育结束，继续上路。我和弟弟躺在后座上，看着南达科他州的布拉克山上的白云悠然飘过。我们入住带泳池的汽车旅馆，因为没有其他同伴，我们俩在泳池里互相泼水、扔球玩，还会在以恐龙为主题的迷你高尔夫球场打上几局。

我们全家有时也会开车去明尼阿波利斯看望叔叔一家或者去弗朗西斯堡的雷尼湖游泳。我和弟弟一起玩桌游，看电视，编故事。当然，一般都是我来扮演大英雄而弟弟只能是演坏蛋或恶棍。

在好些年平淡无奇、连个空调都没有的全家自驾游之后，爸妈终于决定挥霍一次来趟欧洲行。那一年，我 15 岁，大卫 12 岁，艾莉森 6 岁。有一天我们在瑞士日内瓦突然就找不到大卫了。他是那种爱瞎走乱逛的孩子，可是，在我们熟悉的小镇消失一会儿和在一个陌生国度里突然不见可是两码事。全家人都惊慌失措，四处寻找。没想到最后找到他的时候，他正坐在一家露天咖啡馆里和一个瑞士男人就兵役制度争论不休。我们每个人都坐下来点了杯咖啡。那个人取笑大卫说他留了一个美国连环漫画里瓦伦特亲王①的发型，还说如果大卫是他的儿子，他一定会剪掉这一头长发，再把他送去军队。

---

① 瓦伦特亲王（Prince Valiant）是由哈尔·福斯特（Hal Foster，1892—1982）于 1937 年创作的美国连环漫画《亚瑟王时代》中的人物。

“我可不想杀人。”大卫说。

我和妹妹对童年的成长环境都有一种挥之不去的浪漫情愫。艾莉森后来居住的地方与我们之前在温尼伯的家相距不过一个街区。她选择的那栋现代主义风格的单层别墅就坐落在当地建筑游的必经区域。所以，成年后的她一直未曾远离那个让我们倍感幸福的自然环境。

我搬去多伦多后，也一直试图在当地“复制”过去。因为我的坚持，妻子和我最后购置的那栋房子就紧邻着一座大公园。看着它，会让人不由得想起怀尔德伍德公园。门前那条街的尽头是一家社区冰球训练场，几乎和我小时候从家到溜冰场的距离一样。记得，小时候每个周六的早晨，天还没亮，我就走路去溜冰场，穿上放置在球员鞋柜里的溜冰鞋，开始一个人的反复练习，直到场地里的灯光一一亮起。随着其他小伙伴陆续进场，精彩的训练和比赛也就开始了。溜冰场里的热闹会持续一整天，孩子们进进出出：大的、小的、有天赋的、混时间的、传说中的“球霸”① 以及耍帅斗狠的小霸王。我们会一直玩到晚上七点俱乐部关门。一次，场地灯光熄灭

① 原文使用的是约定俗成的“Punk Hog”，形容一个球员不传球给他人，喜欢自己一个人霸占着球一路打进球门。

后一个击球就打在了守门员罗尼·沃尔什的脸上。我们赶紧送他回家去见他那位令人害怕的爱尔兰裔妈妈。她曾在一场比赛中途忽地跳进赛场，直接上去打了另外一队的一个小孩。

在罗尼家门口，他的妈妈看着脸上正在流血的儿子，说："黑着灯玩球，还是黑色的冰球，你们可真是一帮天才！爱因斯坦呀！"

"是的，沃尔什太太。"

"你们谁也别张嘴，一帮小混蛋！看看，你们看看我们家可怜的罗尼！"

冬日的夜晚，在多伦多的家中，我能听见冰球滑出场地的回响声，一个让我倍感亲切的声音！妻子有时在夜里抱怨我们为这栋房子耗资太多，花费了数万加元重新翻修却没能解决所有问题。她说那些我们没能去看、也没能买上的房子可能才是完美的房子。她生气我为了一个童年旧梦做出了一个浪费钱财的错误决定。是呀，有一些夜晚，我觉得她说的都是对的。

而我们的大卫，那个讨厌远行、讨厌寒冷的家伙却独自踏上了尽量远离童年过往的旅程，在遥远的他乡寻求慰藉。我一直在想，当他回首那段让我们倍感幸福快乐的童年时光时，他究竟会想到什么呢？

我和父亲一路开往流水别墅，心中隐隐怀着一丝希望。然而，前路被封，一位身穿制服、手持对讲机的女工作人员走上前来，她像州立警察那样斜靠着车窗。

“是来参观流水别墅的？”她问道。

“是。”

“明早再来吧，九点半，重新开放。”

父亲伸手紧紧握住了她的手，说：“哦，你不知道，你刚才说的话让我多高兴。”

我也顿时舒了一口气。我们预定了参观门票，顺便在附近找了一家酒店。这间酒店是一座很大的木制建筑，过去有可能是一座山林狩猎木屋，里面还有一个巨大的钢制游泳池。大厅的告示牌上写着，美国著名游泳运动员、奥运会游泳冠军、后来的人猿泰山的扮演者约翰尼·韦斯默勒曾在此一“游”。

第二天一早，阳光普照，空气清新。我们把车停在了景区的停车场，然后和其他人一起组团沿着山路走进树林。突然，流水别墅标志性的大阳台映入眼帘，梦幻般的感觉犹如一场海市蜃楼。我和爸爸一个房间一个房间地参观。我们在阳台上停留漫步时恰巧遇到一个学校组织的游览团。一群大约高一的孩子统一口令一起跳跃，想要试试是不是能让阳台就此塌陷。著名的流水瀑布就在他们的下方，在整栋房子下川流不息。水花四溅，一切就是这样的永恒经典。

带领参观的导游为大家讲述着刻意拣选过的流水别墅的家庭故事。她没有提及别墅的主人埃德加·考夫曼那流传在外的风流韵事。考夫曼曾带着一剧团的“齐格菲尔德女孩”① 前往新泽西州的大西洋城过周末。20 世纪 50 年代早期，考夫曼的情妇、一个有着狄更斯②式名字的格蕾丝·斯托普斯曾一度是这里的常客。1952 年 9 月，考夫曼的妻子莉莉安在这里服用安眠药自杀身亡。三年后，考夫曼本人在与情妇成婚不久后因骨癌离世。

后来，他的儿子小考夫曼在田园梦幻般的流水别墅再次重塑一幅家庭美满的想象画面。他将母亲的卧室更名为“主卧”，而将父亲的卧室称为“更衣室”，似乎暗示着父母双方从未有过的夫妻和睦。他的父亲曾经抱怨他“拒绝成为我的‘儿子’”。这似乎隐晦地证实了小考夫

① “齐格菲尔德女孩”是指参与由小弗洛伦兹·爱德华·齐格菲尔德（Florenz Edward Ziegfeld Jr.，1867—1932）创建的百老汇舞台剧集《齐格菲尔德的愚人》（*Ziegfeld Follies*）中唱歌、跳舞的女孩。

② 狄更斯，即英国 19 世纪著名作家查尔斯·狄更斯（Charles Dickens，1812—1870）。

曼是一名同性恋的传闻。当然，小考夫曼和他的父亲一点儿也不像。成为别墅主人后，他在父亲的书桌上放置了一座自己的半身像，并将一家三口的画像悬挂上墙。他收起了原本悬挂在那里的弗里达·卡洛①充满性暗示的绘画作品。也许，这会让他想起父亲的好色本性。小考夫曼后来跟随赖特学习建筑，并就赖特的建筑作品写了好几本书。最后，他将流水别墅无偿捐赠给了西宾夕法尼亚保护协会②。多年来，流水别墅迎接了成千上万名参观者，大家惊叹于它的奇思妙想，赞叹它的动人细节和温暖的石头壁炉。夹杂在其他赖特拥趸者中间，我和爸爸分别为对方和流水别墅拍照留念。

参观后的第二天一早，我们便搭机离开了匹兹堡。返回多伦多后，父亲直接转机飞回卡尔加里。我们俩在机场相拥告别。我为我们父子这段美好的时光，为他终于亲眼看到流水别墅而心存感激。它的确是一段令人难忘的美妙旅程。

几周后，我接到母亲打来的电话。她说："你的弟弟失踪了。"

---

① 弗里达·卡洛（Frida Kahlo，1907—1954），墨西哥女画家，以自画像著名。

② 西宾夕法尼亚保护协会（Western Pennsylvania Conservancy）是一家私人非营利性保护组织，成立于1932年，总部位于宾夕法尼亚州匹兹堡市。

第三章 北方之谜

2005年11月30日理应是弟弟大卫作为白马城科尔斯书店经理第一天上班的日子，他却无故缺席。在温哥华的经理人培训结束后，他返回白马城亲自参与了书店的筹备工作：录用新员工，调试系统设备。然而，开业那一天，他没有出现。

第二天，12月1日，他的卡车在市中心以南30英里的阿拉斯加高速公路旁的一个休息区被发现。这个休息区紧邻横跨育空河的马歇尔湖桥。弟弟曾经的一位女同事第一次看到卡车时以为它因为临时故障暂时停放在休息区。然而，8天后，她发现它原地未动便报告了加拿大皇家警局。警察赶到后发现车身已有积雪，燃油耗尽，车窗摇下，车门未锁。更不祥的是，他们在河边的空地上找到了大卫的牛仔帽。他们联络了弟弟的妻子凯瑟琳，对方随后拨通了我爸妈的电话。

也就是在那个时候，妈妈给人在多伦多的我打电话说，弟弟大卫“失踪”了。

“失踪了？”

“嗯，他没有去上班，也没有回家。”

“多久了？”

“10天了。”

我的第一个反应是他会不会因为想要逃离自己现在的婚姻而和另外一个女人私奔了，去了之前刚去过的温哥华。我很紧张，又觉得应该没事。他也许只是想暂时逃离，一如西部乡村音乐里经常唱的那样，红尘做伴，浪迹天涯。尽管“10天了”听上去让人心神不安，我和妈妈还是互相安慰说“不辞而别”从来都是大卫性格中一部分，没事的，他一定还会回来。为什么要放弃书店的新工作呢？我们百思不得其解。当天晚些时候，我和妹妹也通了电话。我有些焦虑不安，心想如果是去温哥华，为什么会不驾车呢？

加拿大皇家警局出动了警犬和飞机在事发地周围展开搜索。育空河沿岸都已经搜过了。此时，河面一大半也已结冰，在冰冻的河水中实施打捞作业不仅费用昂贵且对环境不利，所以这项工作没能继续。北方经常有各种失踪案。人们往往带着逃离婚姻、工作、东部生活的无聊压抑、法律制裁、赡养费甚或是他们自己，一路北上寻求新机。现在，弟弟大卫也正式成为了他们中的一员。

一个星期过去了，没有大卫的任何消息。全家人陷落在流言蜚语与正式通知之间那残酷的空白里。我们焦急地等待着。我打电话给警局，对方表示弟弟已被正式列入失踪者名单，同时不排除自杀或“危险游戏”的可能。“危险游戏”，警察沿用至今的指代谋杀的委婉语，似乎如此称呼可以减轻对家属的打击。

我打电话给凯瑟琳想要一些弟弟经常来往的朋友姓名和他们的电话号码。她只给了我一个。没关系，有一个就会有许多个。他们中的每一个人，我都不认识。我打了一圈电话，十几个人下来，形成了一个有关大卫的奇怪证据链。大家给我讲了不少大卫的逸闻趣事。对于他的失踪，大都表示难以置信。一些朋友觉得大卫可能只是上演了一场自己的“死亡”，人实际上早已在温哥华或者墨西哥。我给大卫的私人医生也打了好多次电话，但对方始终既没有接听也没有回复。我不知道这种回避是不是出于保护病人隐私的考虑。大卫长期吸烟、有不良嗜好，患有结核性咳嗽，再加上他饮食糟糕，缺乏锻炼，所以身体状况一直不好。我有时会想，他会不会是在独自承受一个极其糟糕的健康问题？

最后，我找到了在温哥华负责书店经理人培训的主管。他告诉我大卫在培训期间表现很不错，看上去很开心。对目前的状况，他表示难以理解，因为他没有在大卫身上看出任何不妥。

我在心里慢慢有了一条大卫失踪前的时间线。11 月 29 日，他入住河景酒店。大卫的一位朋友说他身上总会带有很多现金。后来证明他兑现了自己的最后两张工资支票。凯瑟琳告诉我她当晚曾开车满城找大卫，最后看见他的卡车停在河景酒店。她下车走到前台，发现大卫的确入住，并以现金预付了房款。她在酒店大堂拨通了大卫入住房间的电话号码。然而，令她意想不到的是，接电话的是一个女人。她连忙挂断了电话，也没有上去找他，而是转身离开了酒店。出来以后，她给大卫写了张纸条，并将纸条夹在了大卫卡车的挡风玻璃上。她觉得大卫会再次回到自己的身边，幡然醒悟，乞求原谅。

我还找到大卫前乐队的一名成员雷。他告诉我大卫直到 1990 年代中期才开始喝酒。他说大卫对主流文化真心叛逆，觉得喝酒不过是迪安·马丁[①]那一代人才干的事儿。然而，人到中年，他却加入了酗酒大军行列。

几年后，大卫的生活中还有了毒品。雷说："一开始，我们俩都在苦溪岸边乐队，后来单飞成立了双人组。我们俩一度参加各种婚礼，靠演出挣钱。他女朋友离开那会儿，他情况特别糟糕，整个人的状态也越来越差。应该是肝脏出了问题，有一次还被救护车拉去医院。医生说，如果不戒酒，也就剩下两到四年了。在电台工作的时候，他午间休息都要喝酒，各种酒——啤酒，烈性酒，就是一次一小杯一饮而尽的那种。他和女生之间也总是牵扯不清。他有负于安娜·梅，也背叛了自己的老婆凯瑟琳。就和他喝酒一个样，没够。"

雷说白马城曾经派系林立，尽管很久之前并不是这样。"七八年前，大家基本上都互相认识，也没什么暴力问题。"他不清楚大卫究竟发生了什么，但和警察的怀疑一样，不排除"危险游戏"的可能。

"大卫善于隐藏问题，"雷接着说，"是个好演员。有可能过着另外一种我们并不了解的生活。他或许根本就

---

① 迪安·马丁（Dean Martin，1917—1995），美国演员、歌手和电影制片人，曾被称为"酷王"。

不是我认识的那个样子。怎么说呢，应该就是演得好。”

弟弟大卫的画像开始在我心里逐渐浮现。然而，一切都矛盾重重。过去十几年，他的生活充满问题。但就在过去两年间，一切又好像在重新洗牌，给人一种他想要告别过去的感觉；似乎就要开心起来却又极度难过，给人一种他将被完全套牢的感觉。他为人忠诚，讲义气，却又总在出轨，同时还一直债务累累。

时光流逝，依然没有大卫的任何消息，哪怕是只言片语。我们开始设想有可能的三种情况。最乐观的是他已远走他乡，准备从头再来。事实上，他的一些朋友对此坚信不疑，时不时有人说大卫可能去了阿拉斯加、温哥华或者墨西哥并已在当地安居乐业。然而，在我们的心底，这份美好的希望已越来越渺茫。第二种可能性就是“危险游戏”。这个隐晦的表达时不时地出现在我和大卫朋友们的对话中。还有第三种可能性——他已亲手结束了自己的生命。

爸爸在接到弟弟失踪的消息后专门去了一趟白马城。他就住在弟弟和凯瑟琳的房子里。冬日的北方每天日照不足 6 小时，天寒地冻。他找警察聊，找大卫的朋友聊，却始终一无所获。在一段沮丧、难过、痛苦的日子之后，爸爸万般无奈地返回了卡尔加里。

全家人都心照不宣地将淡淡的希望寄托在了圣诞节假期，期待着到时能有好消息。如果大卫只是不辞而别，他一定会在圣诞节前后发个问候报个平安，或者最起码会给妈妈打个电话。然而，圣诞节悄无声息地过去了。

十二月底的育空河已完全结冰。如果弟弟选择了投河，那也要等到明年春天我们才有可能获知确切的消息。于是，分居三地的我们——爸妈在卡尔加里，妹妹在温尼伯，我在多伦多——焦急又漫长地等待着。

我越来越觉得会是第三种可能性。根据目前已有的证据，这是最合乎逻辑的一个答案。如果是远走他乡，大卫应该会一直开着卡车并随身带上几件心爱的乐器。如果是像好几个人暗示的那样因为毒品交易被人谋杀，他的卡车又为什么会留在靠近河边的休息区？如果此举是故意使用的障眼法，那也太过刻意。休息区的现场也没有任何打斗的痕迹。爸爸、妈妈和妹妹其实在心里也都暗自得出了相同的结论。

我开始浏览探讨自杀的网站，阅读相关文章，并决定亲自去趟白马城寻找弟弟大卫。不过，我得等到冰雪融化的春天。

与此同时，我接着给弟弟的朋友们打电话，试图尽可能地拼凑出一幅完整的大卫画像。我找到了他的最后一任女友，安娜·梅。他们曾在一起8年。安娜就是那个在妈妈眼中最适合大卫的人。她生活能力强，会修东西、爱厨艺，还精通理财。安娜告诉我，为了留在大卫身边，她已竭尽全力。然而，大卫一再的背叛与吸毒成瘾最终让她心灰意冷。她离开了大卫，离开了白马城，搬去了不列颠哥伦比亚省北部一个半废弃的采矿小镇。她说就在大卫和凯瑟琳订婚的时候，大卫还曾打电话给她，央求她把自己带走。安娜给大卫写了一封信。在信中，她说自己依然爱他，但再也不想重复一遍以前的日子。

安娜把那封信的复印件寄给了我。信很长，读来让人心碎。她写道："我知道你也不想变成现在这个样子，不想做现在做的事情。无可否认，你面对着太多的问题。尽管这些问题并非由我而起，但是如何解决它们，恕我实在无能为力。只有你，只有你自己，当你准备好了的时候才能解决它们！你过着截然不同的两种生活。我衷心希望，有朝一日，你能得到你想要得到的帮助。我一直坚信你是一个充满爱、懂得关怀他人的好人，一个有着自己的问题的好人。只是这些问题，对我来说，难以承受也无从解决。”

安娜·梅还告诉我，大卫之前尝试过自杀。这个消息让我倍感震惊。就在安娜离开大卫之后，他在地下室的沙发上吞食了安眠药，并在现场留下一张字条，表示将自己所有的一切都留给女儿艾薇。后来，他不知怎么又醒了过来将字条揉碎了。安娜知道后，给大卫的私人医生打了电话，大卫因此在医院小住了一段时间。

我决定先不把这件事告诉爸妈，想着最好还是等到有进一步明确的消息后再说。我计划在河水解冻的春天飞往白马城。四月和警局联系，他们说河水依旧冰封。五月，还是不行。终于，在六月的第一个星期，我顺利搭机前往了白马城。

白马城，北纬 60°，人口 28000。整个城市沿育空河宽阔的河谷散布开来，还有一些郊区散落在四周的山谷。尽管飞机抵达的时间已是午夜，但太阳的余晖依旧散发出柔和的光芒，显得兀自多余的月亮幽幽地垂挂在西边的天空。南方的昼夜节律延伸至这里，漫长黑暗的冬季过后等待我们的便是骄阳永不垂落的夏日。从飞机上往下看，四周山顶依旧白雪皑皑，脚下的育空河河水宽阔无比，透着一股静默的新鲜绿意，城市两侧三座山脉上流淌而下的淙淙泉水汇入其中，河水一路蜿蜒，向东流去。

此时，大卫失踪已经6个月了，我们没有收到他的任何消息。暗藏在心中的答案既明确又模糊。我有时会想，还会有消息吗？他会不会就是这样从我们的生活中消失了？大卫选择搬到如此遥远的白马城生活，又何曾不是另一种消失呢？白马城，来一趟既遥远又费用昂贵的白马城。

大卫最初来这里是因为一个女人。她当时觉得北部冷冽的空气有益于自己脆弱的健康，还觉得生活在一个小城会缓解自己的广场恐惧症。事实证明，她的“觉得”没有一个是对的。后来，她搬去了酷热的美国亚利桑那州（State of Arizona）。

大卫是在和第一任妻子卡罗琳离婚后认识了她。他俩有一阵住在一个四层小木屋里。小木屋被分成了四个一居室。整栋房子看上去充满了童话色彩，感觉有位魔发精灵或者巫师住在里面。大卫的这位女友基本上足不出户，不是在照顾两人种植的植物就是在读书。每天早出晚归的大卫便是她了解外部世界的唯一窗口。在某种意义上，对大卫来说，这也是一种理想状况。白天，他是自由快乐的单身汉；晚上，他又安享一段稳定的关系。几年后，这段关系也破裂了。大卫结婚两次，女友更是频繁更换。她们中的每一位都对大卫给予了妈妈般的爱，孜孜不倦地教导他应如何对待香烟和他那糟糕透顶的饮食习惯。大卫第一次吃素大概是在20世纪90年代。有一次他对我说："知道吗，我正在吃我的生菜'冰山'。"他语气认真，丝毫没有揶揄、玩笑的意思。

白马城，并不适合大卫居住。他很宅，不喜欢锻炼，不在意风景，对寒冷更是有一种近乎病态的本能抗拒。他对温度的要求就和老年人差不多，需要一种门户紧闭、空气沉闷、完全透进骨髓的温暖感。或许，他定居白马城只是一味地想远一点、再远一点，因为它真的很远。

他真的离我很远。这是我第二次来白马城。

两年前，我同爸爸、妈妈和妹妹一起来到白马城参加大卫的第二次婚礼。婚礼就在大卫家又大又漂亮的后院举行。凯瑟琳站在后门廊上，用一种捉摸不定又毅然决然的嗓音演唱了一首贝蒂·米勒①的经典老情歌《玫瑰》(*The Rose*)。整个过程都缺乏一种喜庆气氛。大卫玩世不恭地站在那儿就像是一个被宣告有罪的罪人，用一种明

① 贝蒂·米勒（Bette Midler，1945— ），美国著名歌手、演员。

显的嘲讽口吻宣读自己的结婚誓词。凯瑟琳大他几岁，在婚礼前已改随他姓。她就像一位新世纪哲学永不疲倦的传播者，常把“万事皆有因果”“你选择你自己的路”之类的话挂在嘴边。她让我感觉弟弟大卫似乎是她手头急需改造完成的一个项目。就在大卫想要改变又不知从何做起的生命节点，她出现了。在沃尔玛工作的凯瑟琳在白马城生活的时间并不长，所以前来参加婚礼的大都是大卫的朋友。她说白马城是“这个世界上最后一个你想做什么就做什么的地方”。她又说白马城就像一个透明鱼缸，每个人都知道你在做什么。大卫与凯瑟琳的结合给我一种各取所需的感觉。大卫就像是进入了一个家庭康复中心，而不是一段婚姻。

在当晚的婚礼酒会上，有一段即兴爵士乐表演。大卫负责编导，十二位不同时期与他合作过的音乐人一起演奏。他在各种乐器之间来回穿梭，游刃有余。那种尽在掌握的感觉，音色和鸣的瞬间，让人感受到无尽的美妙！大卫，他的天赋依然让我如此仰慕！

他的一位音乐家朋友告诉我，大卫曾连续三年在全省酒吧类爵士乐钢琴比赛上斩获大奖。后来有人问他，是否考虑来年把机会留给别人，他答应了。那一年，他参加了班卓琴的比赛，结果又获大奖。

婚礼酒会因为凯瑟琳的坚持没有提供任何酒水，很早便结束了。第二天，爸妈、妹妹和我一起游览了白马城。我们想要直观地感受一下大卫生活的城市。后来，在机场等待各自航班的时候，妹妹和我聊起了刚刚结束的这场婚礼。

“你会以嘲讽的语气说结婚誓词吗？”她问道，“我的意思是，哪怕你觉得自己生活的时代充满讽刺。”

我们回忆起大卫的第一次婚礼。他和卡罗琳的婚礼也在户外举行，地点就选在我们家屋后的一条小溪边。我记得壮美的落基山脉就在远处闪闪发亮。那是20世纪70年代，大卫梳着马尾辫，看上去“仙气”十足。卡罗琳站在一群漂亮的姐妹中间明媚照人。女孩们长裙飘飘，犹如从古斯塔夫·克里姆特①的绘画作品中走出来的一般。

妹妹和我都试图理解大卫的第二次婚姻。

“他也不能总是一个人。”我说。

“嗯，也许凯瑟琳对他很好。”

---

① 古斯塔夫·克里姆特（Gustav Klimt，1862—1918），奥地利著名象征主义画家，画作主角多为女性。

"嗯，看着他，像个狱警。"

大卫的很多朋友都说他们俩只是彼此依赖。也许，他们之间并没有浪漫的爱情，但是人到中年，我们大多数人都不得不学会妥协。

飞机降落后，我先在机场提取了租好的汽车，然后开车去了酒店。办理入住时，前台工作人员抱歉地说，因为超额预订我只能住宿三天。听完这句话，我倒一点儿也没着急。我想无论怎样，他们都会帮我联络到新的入住酒店。

酒店房间的遮光窗帘还是不能完全遮住窗外的灼灼白光。光线在窗户周围形成了一个耀眼的白色矩阵。已过午夜，我非常疲惫，却怎么也睡不着。我收拾完行李便下了楼，走在明亮寂静的大街上，神情疲惫，烦躁不安。一小时后，我返回房间，做了会运动，在房间的迷你吧台打开了一瓶标价甚高的苏格兰威士忌，接着打开电视轮流换台——芭芭拉·斯坦威克的黑白电影、不知所云的电视节目、情景喜剧，还有正在推销菜刀的电视购物。

我躺在床上，迷迷糊糊，半梦半醒。我也没抱着自己真能睡着的希望。凌晨六点，我彻底清醒。我穿戴整齐，步行去了附近的一家咖啡店，要了一个甜瓜大小的有机玛芬蛋糕和两杯浓缩咖啡。一个人坐在那里等待着整个城市的苏醒。我先前已打电话和加拿大皇家警局约好今早的见面时间。我还预约了一位律师，想要谈一谈大卫的房子。这座房子实际由他和爸爸共同负担，但是现在，凯瑟琳显然觉得它完全属于她。

白马城原本是加拿大北部原住民部落之间的一个贸易据点。数千年前，塔穹人、塔吉什人、特林吉特人每年都会相聚白马城，互相交易育空河中的肥美鲑鱼和其他物品。1896 年 8 月 16 日，两个塔吉什部族的男人——斯科库姆·吉姆·梅森和道森·查理在当地发现了金矿，由此引发了淘金热。成千上万的人怀揣着发家致富的梦想辞去了原本的办公室工作，放弃了南方的城市生活，一路北上涌入了白马城。

迄今为止，这座城市依然保留着克朗代克淘金热①残存的冒险精神。1953 年，它正式成为一方领地。如今的白马城是地区首府，城里多的是小腿强健的公务员和某种意义上的拓荒者。吉尼斯世界纪录将白马城列为全世界空气污染水平最低的城市。整座城市布局奇特，四处散开的城市区域之间夹杂着大量未被开发的土地，好像

① 克朗代克淘金热（Klondike Gold Rush），又称育空淘金热。

城市规划者有意在保持城市发展的同时避免过度的物质化。走在街上，随处可见燃烧着青春岁月的冒险家——他们是后背下方文有藏族纹饰的迷人姑娘和一脸阳光编着脏辫的大男孩。

我想在白马城寻找有关大卫的一切。其实，我也是在试图找到一种方式悼念他。这并不容易。我的一位朋友，被诊断出癌症时已是晚期。医生说他在这世上的日子不超过一年。为了多陪他，也为了让自己做好准备，我们在他在世时每个月都会打牌聚会。每一次打牌的场地也都精挑细选，从多伦多酒店的豪华套房到尼亚加拉大瀑布旁的赌场再到一位艺术家的静修之地。所以，当他真的离开时，我没有那么撕心裂肺。我用了一整年的时间接受他的死亡。他本人也是，用了一整年的时间适应身体变化，安排身后事，比如发誓再也不喝廉价的红酒，比如确保自己的家庭在他走后仍能得到很好的照顾。最后，在室内一张舒服的椅子上，他睡着了，任凭我们怎么呼唤都再也没有醒来。和一个人的遗体共处一室听上去有点可怕，其实没有，反而让我看到了死亡的无从避免。我坐在那里，看着他，整个人被悲伤吞没。我多希望能叫醒他一起接着玩。然而，我只能走出房间，坐在车中独自哭泣。

大卫的遗体一直没有找到，我需要其他的东西悼念他。我来到了白马城，他曾经生活的地方。我需要重新拼凑起那个成年的大卫，那个自我们长大分开后便很少相见的大卫。

第四章
漫长的一天

我开车抵达皇家警局走进等待室，在一种阴沉的气氛里和一帮脸色阴郁的当地人坐在一起。在白马城当警察肯定不容易，各种毒品制剂不断滋生着各种暴力和新的吸毒者。

几分钟后，有人示意我进入办公区。一位表情严肃的短发警官接待了我。他告诉我，上周发现了一具去年十二月投河的尸体，但经过鉴定并不是大卫。他接着说应该会有更多的尸体浮出水面，“时间到了，河水自会释放自己的秘密”。

我接着来到律师事务所。和我面谈的是一位三十多岁，态度友善、富有同情心的女律师。她告诉我凯瑟琳对目前居住的房子已发出了财产警告，这意味着她会采取任何相应的法律措施，也意味着出售它将变得十分困难，甚至是不可能。她大致给我讲解了一下育空地区晦涩难懂的所有权法，而这些法律条文又因为大卫未经认定的“死亡事实”而变得更为复杂。自大卫失踪后，这栋房子的房贷都是爸爸支付的。我内心的愿望是能将它顺利出售，所得房款由爸爸和大卫的女儿艾薇合理继承(后来的确如所愿)。

我花了一个小时的时间和律师过了一遍我们目前面临的法律状况以及可以有的选择。之后，我开车去了大卫生前曾经工作过的调频电台 CHON-FM。这是一家原住民电台，大卫曾是里面唯一的一名白人员工。他在电台的一位朋友克林特对我说，他不觉得大卫已经死了。“从雪地上留下的脚印看，他应该有原路返回，然后留下了自己的帽子和卡车。”克林特的嗓音低沉、平和，给人一种讲故事的感觉，“车上有人等他，应该是一个女人，他们可能一起去了阿拉斯加，或者温哥华。”

听克林特说话的声音，我突然想起大卫之前提及的一则冬靴广告。当时在白马城郊外负责拍摄的广告导演专程来到这家电台想要找一个极具原住民辨识度的声音播讲旁白。好几个播音员都试了试，但始终未能达到导演想要的效果。就在对方准备离开时，大卫自告奋勇地说：“如果你不介意，我也想试试。”他在声音模仿方面堪称天才。大卫用一种听上去像是一位睿智长者的嗓音诵读台词，果然就是对方想要的那种脸谱化的声音表达，以此赞美这一品牌的靴子在北方极寒条件下的所有优点。大卫用自己的“声音演出”得到了这份工作。这则电视广告播放了好多年。偶尔深夜看电视，我会冷不丁地听到他音高完美的旁白，“在我的故乡……”，心中不由得升起一种异样的感觉。

克林特有一副让人着迷的好嗓音。他告诉我大卫有时会工作到很晚。“他也不着急回家，买上六罐啤酒，一个人坐在办公桌前全部喝完，一声不吭。”

我离开电台回到白马城市中心，漫无目的地四处走了走。城市中心区域布局紧凑，基本都在步行范围之内。我走进当地一家有名的书店——麦克的柴火书店买了几本介绍当地历史发展及周边环境的书。我还去酒局买了瓶酒，又在一家健康食品店买了一种据说有助睡眠的草药。真心希望它们当中至少有一个能够帮助我安然入眠。

当天下午，我去了大卫以前经常表演的酒吧——蓝月亮。酒吧在一栋孤零零的建筑物内，门框上悬挂着一对20世纪50年代风格的双人舞图案。门外站着一群闲人，个个叼根烟，身形消瘦，郁郁寡欢，满是文身，有的还打着绷带。几个男人独自站着，几个女人则凑在一起。

我走了进去，顿时感觉一片漆黑，有几个男人和一个女人正坐在桌旁一起聊天。其中一个男人，衬衣纽扣全开，能看见他肚子上的赘肉就搁在皮带搭扣上。他脸色阴冷又一副不堪一击的表情，就好像有人刚刚在他脸上刮了一层柠檬皮。我听见他们正在热火朝天地讨论如何用明火烤火鸡。

见到酒吧经理，我向他介绍我是大卫的哥哥。他好像不知道要和我聊些什么，只是一个劲儿地点头说："嗯，很棒，很棒，音乐玩得特别棒。"

大卫在这个摆放了十二张桌子的酒吧舞台演出过数百个夜晚。它让我想起上大学时曾去过的卡尔加里城东的酒吧区。对当时还是学生的我们来说，这些风格类似的酒吧散发出一股既颓废又庸俗的魔力。它们收费低廉，活动丰富，给人感觉特别接地气。然而，不论这些酒吧营造的氛围如何浪漫，只有当你不是大白天的无所事事，不是抱着生扎啤摊在桌子上喝个不停，不是拿着曾经的奇闻逸事、英雄传说侃大山，不是在廉价旅馆里随便凑合过一晚，它们营造出来的浪漫氛围才真有其味。

我曾经在卡尔加里东边的爱德华国王酒店见过大卫。那时候，他就已经沉迷于这样的地方。当全家人齐聚卡尔加里，他会晚上一个人偷偷溜出来跑去城东一家名叫塞西尔的酒吧喝酒。那间酒吧看上去破败不堪，但大卫喜欢，偶尔还会跟着驻场乐队一起演出。

同蓝月亮的经理聊完之后，我直接去了与酒吧相连的一家小卖铺。我知道大卫的一位朋友阿德琳就在这里上班。她和我一边聊天，一边招呼进进出出的顾客买啤酒、杜松子酒和香烟。我发现不是每个人都当场付钱，阿德琳需要时不时地记录赊账。

“应该是有人出手给做了。”她对我说。尽管当时店里一个人也没有，阿德琳还是把声音压得很低。她说大卫是在20世纪90年代的时候开始吸食毒品。作为大卫吸毒历史的知情人，她说大卫会时不时从一个坐着轮椅、长相刻薄的毒贩那里“买东西”。尽管阿德琳没有明说，但言谈间暗示极可能就是这个家伙与大卫玩了一场“危险游戏”。

阿德琳说大卫总在蓝月亮演出换场的时候走路去育空河边。他要走过两个街区，中途穿过一段克朗代克淘金热时期用来运送物资的窄轨铁道，再翻下布满石子的河岸，最后来到河边狭窄的沙滩。他会带着几瓶皇冠啤酒和一个女人一起去。在河边坐一坐，就像是回到一个属于他的“秘密基地”。

“每次从他买什么牌子的香烟，我就能知道是哪个女人跟他一起去河边。”阿德琳说。

阿德琳最后一次见大卫就是在去年 11 月 30 日。那天，他顺路进来打了声招呼，什么也没买，看上去情绪不错。他告诉她自己待会儿要去趟“98”，一个热门的毒品交易地。就像是跳水溅起的最后一朵浪花，自那儿之后，再也没有人见过他。

阿德琳对白马城的毒品交易市场并不真正了解，其中掺杂着很多她个人的设想与估计。待我再仔细询问，她开始说不上具体的细节。在她眼里，我就是一个聒噪不停又总是质疑的局外人。她觉得大卫很有可能就是在毒品交易过程中被害的，尽管那时他已经停止这类交易一段时间了。阿德琳以一种遗憾的口气暗示说，有可能那个和大卫一起去“98”的女人无意说漏了大卫身上带有现金。说者无心，但听到的那个人起了歹意。

“是，城里一定有一些不好的人。”我说。

“不是一些，是很多，”阿德琳说，“到处都是。”

弟弟大卫和我在很多方面都截然相反。母亲的教育方式好像无形中又强化了我们之间的差别。小时候，她规定我们一周看电视的时间不超过 10 小时。在那个电视刚开始普及的时代，这样的限制实在是不合情理。那时，一共就三个频道（还有一个是法语台），家里的黑白电视机还需要手动调节天线改善接收效果，一周 10 小时根本看不到什么正儿八经的节目。妈妈规定我们俩可以看《埃德·沙利文秀》①、情景喜剧《吉利根岛》②、电视剧《秘密特工》③ 和《不可能的任务》④。此外，我们还有六个半小时的动画片时间，但妈妈禁止我们俩看《兔八哥》⑤，因为她觉得太暴力，里面的动画人物不是被木槌击打就是被霰弹猎枪击中。问题是，妈妈怎么可能总是盯着我们呢？事实上，我们常在朋友家里看。我对电视的兴趣一直都不高，但大卫是个电视迷，他一看起来就

---

① 《埃德·沙利文秀》（*The Ed Sullivan Show*）是由美国娱乐专栏作家埃德·沙利文于 1948 年至 1971 年主持的一档在美国哥伦比亚广播公司（CBS）播放的电视综艺节目。

② 《吉利根岛》（*Gilligan's Island*）由美国电视制作人舍伍德·施瓦茨（Sherwood Schwartz）创作和制作，1964 年至 1967 年在美国哥伦比亚广播公司播放三季。

③ 《秘密特工》（*The Man from U. N. C. L. E.*），1964 年由米高梅（MGM）公司制作播出。后被改编为同名电影，于 2015 年上映。

④ 《不可能的任务》（*Mission: Impossible*），1966 年至 1973 年美国电视连续剧，共播映 171 集。此片后来改编为系列电影，译名《不可能的任务》，由著名好莱坞明星汤姆·克鲁斯领衔主演。

⑤ 《兔八哥》（*Bugs Bunny*），亦译作《兔巴哥》，美国知名动画片，由华纳兄弟动画公司（Warner Bros. Animation）设计制作。

没完没了，还喜欢收集不同类型的电影和电视剧录像带。他的脑袋里储藏了上百个故事桥段、人物形象和说话口音，总能随时随地信手拈来，露上一手，且鲜少重复。

自我们孩提时起妈妈就禁止家里出现汽水一类的饮料，因为她觉得这类饮品含糖量太高。和对待玩具手枪、电视一样，妈妈的态度简单明确，苛刻得不近情理。在一整条街的孩子们都在畅饮橙汁的时候（那时候医生们刚刚停止在杂志广告上推荐骆驼牌香烟），我和弟弟一滴都喝不到。只有当全家在美国自驾游时，我们才能在当地快餐连锁店艾德熊吃饭时喝一杯冰镇根汁啤酒①。在沿途停车的小镇杂货店门前，我和大卫好奇地打开门口红色钢制冷却器的盖子，看着泡在冰水里的我们一点也不熟悉的各式品牌汽水。这个时候妈妈同意每人挑选一样。我和弟弟自是无比看重这些平时根本喝不到的芬达和奶油苏打水。长大以后，我对汽水饮料的兴致就淡了，但是大卫从一天喝半升百事可乐替代咖啡开始，慢慢发展到喝个不停。

大卫小时候就有一口酷爱吃糖的孩子才会有的蛀牙。

① 根汁啤酒，流行于北美洲的含糖汽水饮料。传统上，以北美檫树的树根皮或墨西哥菝葜的藤蔓作为味道来源。

他会一勺一勺地吃白糖。如果家里的吃完了，或是妈妈将所有含糖的东西都藏了起来，他就会挨家挨户地要饼干和糖果。有一阵子，妈妈专门在他身上挂了个牌子，上面写着："请千万不要喂食小糖猪。"

如果面前有块蛋糕，大卫一定会先吃上面的糖衣，然后对其他还没动过的蛋糕虎视眈眈。我则会麻溜地吃完整个蛋糕，唯独留下糖衣。糖和黄油的两条垂直平行线中间是一层厚厚的水平连接线，糖衣就这样站在我的盘子里。我和大卫的盘子可谓完美互补。他想要我盘子里的糖衣，会试着用叉子直接夺走，我自然横加阻挠，果不其然，他就哭了。很快，爸妈有关如何保持生活平衡的长篇训诫也就开始了。不过，奇怪的是，大卫长大后，除了百事可乐，他对其他的甜东西都没了兴趣。我倒是爱上了琼斯巧克力①。就好像他有了新嗜好，把爱吃甜食的习惯转让给了我。突然之间，我一天要吃五块奇巧巧克力威化饼干，那种快乐和一个爱抽烟的人抽第四十根烟时所得到的快乐可能差不多。

我从小就爱运动，大卫则是能躲就躲。我喜欢读书，大卫更乐意看电视。我在音乐上不大开窍，大卫却天赋

---

① 琼斯巧克力指澳大利亚大卫·琼斯牌巧克力。

过人。

循传统惯例，我和大卫被爸妈送去参加当地的小狼幼童军①。我们在联合教会的地下室集合。我很快就适应了这种等级严格、充斥着以大欺小的英式童子军氛围。然而，几个月后，大卫主动退出了。他说我们参加的简直就是一个类似希特勒青年团的组织。那一年，他 10 岁。于是，他错过了如何打绳结，错过了戴徽章，错过了宣誓效忠幼童军领队的赞歌，错过了目睹当一头“小狼”在玩追逐游戏时为挣脱“英国斗牛犬”②，前门牙在教会地下室的实木地板上飞滚出去的血腥一幕。

大卫天生擅长社交。我也算是一个合群的孩子，但生性害羞，更愿意一个人待着，这一点在成年之后就更明显了。大卫朋友众多，他几乎没有独居过，从爸妈家搬出来就搬进了第一任妻子、当时的女友卡罗琳的家。离婚后没几天，他便开始与新女友同居。他的女朋友走马灯似的频繁更换，即使在有固定女友的时候，他也经常劈腿。可以说，除了一个人出外开车兜风，他的身边从

---

① 幼童军，国际童子军的一种，主要针对 7—11 岁的儿童。往往被称为小狼或小狼队（Wolf Cub 或 Cubs）。

② “英国斗牛犬”是一种传统的英国校园追逐游戏，原名 British Bulldog。其规则是一对人从场地一头必须穿过中间的拦阻成功抵达场地另一端，不被中间的“斗牛犬”抓住。

来不缺人。

爸爸在设计卡尔加里那栋房子时，在西侧第一层安装了一个独立的热炉和温度调节器。我们兄妹三人的卧室就安排在了那一侧。大卫的卧室最热，因为刚好位于半山坡，有部分低于地面。我的房间最冷，因为悬挂在山谷上。一踏上没有保温层的地板就像是进了溜冰场一样。不过，我恰好喜冷不喜热。我从小就对严寒冬季有一种特别强的适应力。记得参加户外冰球课时，只有当气温低至零下 25 摄氏度以下且刮北风的时候课程才会取消。当地人对天气的态度也由此可见一斑。

在冬日的夜晚，大卫总会蹑手蹑脚地穿过走廊，偷偷把温度调节器设置到一个匪夷所思的高度，让热炉工作一整夜。我呢，会起来出门把温度调低；他接着起来，把温度调高；我又起来，彻底关了。胜利的关键就在于看谁能耗得起、睡得晚。那样的夜晚，我们不是身处北极圈就是撒哈拉，哦咦，怎么就不能找到一个各自欢喜的中间值？

说到底，我和大卫虽为亲兄弟，但却很不一样。然而，在一些令人感到不安的方面，我们并没有那么不同。于是，当我驻足白马城的街头，回顾他的足迹，那种令人不安的相似性萦绕心头。

无眠无休的阳光给人一种无形的压迫感。我吃了一顿丰盛的意面晚餐，喝了三杯红酒，心想或许会对今晚入睡有帮助。我走回宾馆，换了衣服，躺在床上，呆呆地望着天花板，心中不由想起几个月前，75岁的父亲孤身一人来到这里，在无尽的寒夜里寻找自己失踪的小儿子，他的彷徨无助与心力交瘁都让我心碎不已。

我起身打开电视，看了五分钟的钓鱼节目，然后对着斯特林·海登主演的一部黑白电影从头坐到尾。凌晨四点，我穿好衣服出了门。窗外大街上空无一人，光似乎有了自己的速度，奔跑了起来，我听见自己正冲着这忍无可忍的亮光无声地呐喊。

蜥蜴酒吧外的人行道上有一些血迹和烟头。我想可能是两个男人先打了一架，接着又坐在一起聊了很久。苍白的月亮依旧悬挂在西边的天空，地平线上云层聚集。有三个男人正在河边喝啤酒。我觉得往往在夜里会发生的那些事大概都已经发生了。

政府大楼的窗户上贴着五花八门的宣传海报，诸如减少胎儿酒精综合征、尊重老人、戒烟、吸食毒品后切勿开车、请慎重对待离婚。

我盲目地走在路上，满脑子都是弟弟大卫。他可是个夜猫子，玩到很晚，睡得更晚，可能就曾在这无尽的“白昼”里四处游荡，在这没有黑暗的夜里坐在河边抽烟喝酒。原本在夜色里完成的交易——毒品买卖、情感背叛、偷盗窃取——在白马城都不得不在“光天化日”之下完成。喜欢夜生活的大卫住在一个一年之中很长一段时间都没有黑夜的地方。或许，大卫爱上的是白马城的冬天，尽管严寒，却有着真正无尽的黑夜。

大卫虽然很晚才有了喝酒的习惯，但他很快上瘾。周围人喝酒，大都不过是像法国人那样，一天小酌两三杯红酒以图有益心脏；抽烟也是，早戒了，只是偶尔心痒抽上一两根（一边抽还一边默念“吸烟有害”）。其实，人人皆知从节制到成瘾不过一线之隔。人到中年，很多朋友因为亲人干涉、家庭变故或者自身的健康问题而放弃多年旧习。况且，事情发展到不可收拾或者踉跄送医，真的很快。可能，一开始喝酒只是社交需要，接着成了个人习惯，最后发展成嗜酒成瘾。一位朋友曾对我说，聚会上喝点儿没什么，但一个人在地下室喝闷酒就很容易出事。所谓万事万物无不聚沙成塔，积少成多。中年人生，更是如此。我觉得自己应该早些多用牙线，勤练瑜伽，再多存点钱。

我们理应对任何习惯都保有一份警惕之心。至少，我会如此提醒自己。每年一月份，我戒酒、戒咖啡、戒巧克力。有时也做不到坚持一整月。健康考量倒在其次，更多可能是想证明自己可以做到自律。有位朋友每年从新年第一天开始戒酒一直坚持到复活节，之后会奖赏自己痛饮一次麦芽酒。虽然我对酒没有像大卫那样痴迷成瘾，但也深知它的微妙魔力。我们的习惯一如花园，需多加打理，精心修剪，总要花费功夫处理杂草，否则它必将破败荒芜。据统计，“成瘾”是导致自杀的主要原因之一。

清晨六点，天色苍茫，街道空旷。我回到宾馆，带上新买的那本介绍当地动植物的书去了昨天那家咖啡店。这一次，我点了三杯浓缩咖啡和一个大号玛芬蛋糕。大致翻阅后，我了解到在这个极北之地自然腐化、分解的过程因为缺乏有机物的工作而速度衰减。南方大地中成群结队的蚯蚓、甲壳虫和细菌在这里都成了稀缺之物；而与此同时，一年当中连续八个月的黑暗冬季对大多数生物来说都太过漫长。

第五章

在世界尽头的晚餐

我打电话给大卫的妻子凯瑟琳，约她一起吃晚餐。晚上六点，我接上她和阿德琳来到一家餐厅。凯瑟琳很健谈，一晚上都在大谈特谈自己的“精彩过往”以及如何成为整个社区的某种楷模。

大卫的一位前乐队成员朋友对我说过，凯瑟琳曾经帮过大卫，大卫也因此总觉得自己亏欠于她。他说，大卫面对的根本困境是成为凯瑟琳想要的样子（诸如拥有薪酬稳定的固定工作，晚上在家，滴酒不沾），还是成为自己梦想中的音乐人？凯瑟琳希望大卫能放弃演出找一份稳定工作，彻底结束这种“在路上”的“漂泊”状态。她如此坚持的一个原因是她觉得大卫管不住自己的“瘾”。也许，大卫也刚好想要从各种“瘾”中摆脱出来。记得有一次我问一个成功戒酒的朋友这个过程是不是特别难？没想到，他说：“戒酒让我得到解脱。”

凯瑟琳在餐桌上说自己和一些朋友想以大卫的名义建

立一个帮助当地音乐人的基金会。“目前，”她说，“已经有人许诺捐赠十万到十五万加元。”

这个数目显然还远远不够。我没有继续这个话题，心想她和阿德琳是不是也有意让我捐款。

我询问起大卫酗酒和吸毒的情况。

凯瑟琳说：“我已经让他戒酒了。他也没再吸毒了。”

阿德琳点了点头，但说法有些不一样。“大卫的问题是，”她说，“他也想戒毒，但是，你知道，人都会被周围的圈子影响。玩音乐，他进退自如，游刃有余；但是玩毒品，有时候身不由己。最后的结果，不论怎样，他自己肯定也是始料未及。”

关于大卫，我们仨聊了好一会儿。晚餐结束后，我们决定开车去一趟大卫最后出现的马歇尔湖桥。路上，我停下来加油，但是加油站的收款机怎么也无法识别我的信用卡。我赶紧拨通了信用卡背面的电话号码，一位女士接听了电话。我问她为什么我无法用信用卡付款？

“我们担心您的卡号被盗，”她解释说，“现在的使用者不是您本人。”

“为什么？”

“嗯，这么偏北的地方。嗯，那里冷吗？嗯，您去这么远的地方是因为……?”

“找我弟弟。”

“哦，明白了，祝您早日找到!”她原本迟疑的声音顿时有了如释重负的欢快感。我的信用卡解锁了。

我们在车辆稀少的高速公路上驰骋，碧透的天空不停地隐没在远方的群山之中。

“我需要那栋房子。”凯瑟琳目视远方，主动提及了大卫留下的房子。她说自己也并不清楚还贷的事情。

“是我的父亲一直在还。”

我建议她去咨询一位律师，虽然我知道她已经见了一位。

“我见过，”她说，“但并不是为了法律上的事情。”

我没有再说什么。

我们在目的地下车后往前走了走。桥墩上有燕子筑巢，河岸边白杨成行。这时，一只鹰飞过头顶，凯瑟琳说它可能就是大卫的灵魂。我们静静地站在那里，望着流淌的河水，谁也没有说话。不知道过了多久，凯瑟琳突然开口说:“大卫一直觉得他是你们家的‘不肖子’。”

这真是一个令人心碎的想法。一直以来，他是有些特别。全家人的生日，除了他一个人在五月，其他人都在九月。他是家里唯一一个有着金色头发的孩子。我之前觉得他的“不肖”不过是天性使然，但现在，我无从确信。

总记得儿时的一个周日，我们跟着外婆去教堂参加礼拜。大卫坐在教堂长椅上没多久就开始有些烦躁不安，外婆伸手轻拍安抚他。礼拜完毕，我们回到外婆家，一人捧着一杯白糖坐在后院里，从花园里摘些大黄蘸糖吃。外婆说这是对我们刚刚亲近耶稣的一份奖励。那天，舅公吉姆开着他一尘不染的双色克莱斯勒帝国牌轿车也来了。据说，他超有钱。外婆总会神秘地称呼他是“皇冠上的珠宝”。他说要带我和大卫去兜风。舅公吉姆衣饰光鲜，脾气古怪，特别节俭。在路上，他最不喜欢的就是红灯，因为他觉得在红灯前减速刹车浪费汽油。只见西边乌云密布，感觉一场雷暴雨就要来了。那时，周日还真的是“安息日”，所以路上车辆稀少，舅公吉姆驾车驶过一个又一个路口。他几乎一言不发，我和大卫两个人穿着运动夹克衫也没说话，感觉就像是坐在后座上的两名人质，在安静的豪华轿车里看整个城市在眼前一一掠过。白糖颗粒还粘在大卫的脸上。当我们终于返回外婆家，舅公吉姆因为不想浪费汽油所以没有完全停车，我们俩从座位上腾地跳到马路牙子上，一个趔趄栽倒在草丛里，车开走了。我们俩背靠大地凝视着昏暗的天空，躺了一会儿，感觉一切就像是个谜。

去年十二月，大卫从岸边踏上河面浮冰走入水中的位置离我差不多二十米。我站在那里，脑海里禁不住想象着他迈出的每一步，泪如泉涌。他一路从阿拉斯加高速公路上开过来，一定身心疲惫，脑袋嗡嗡作响。这一路上，他听着自己 20 岁时在第一支乐队时录制的那盘磁带。显然，过去两周，他一直在听它。当他最后停靠在这个风光如画的地方，摇下车窗，拿出自己买的那瓶“尼托儿”，点了根烟，坐在那儿直到油表读数显示为零。也许，他并没有反复思考什么，只是心底里有一股暗潮汹涌却又直白明了的渴望，他想要卸载，想要释放。他所承载的黑暗与痛苦完全裹挟着他，他一直在苦苦挣扎。此刻，十二月刺骨的严寒刺激着他。一整瓶的安眠药让他昏昏欲睡，迟钝呆滞。他走下卡车，把牛仔帽放在地上，径直地朝着河水中央走了过去。

我真心希望当他最后孤身一人站在那里时，有些许平安降临在他的身上。大卫，那个爱音乐的蓝眼睛男孩。

回程路上，大家言语尽失。我将凯瑟琳和阿德琳送到了凯瑟琳停车的地方。回到宾馆，我又一次难以入眠，调整了一下窗帘位置，轮番更换电视频道，读了会儿书，直勾勾地盯着天花板，想着大卫。我曾和一位名叫加里的前乐队乐手聊天。过去两年，他一直和大卫在一起演出。他告诉我他只见过大卫抽烟，并没有看见他酗酒或吸毒。他还说大卫在舞台上很冷静。不过，他也说自己谈不上真的了解大卫。

后来不知道什么时候，我迷迷瞪瞪地睡着了。醒来时突然一阵慌乱，生怕自己不小心一觉睡到了中午。其实，不过才清晨七点。我心情恍惚又人生地不熟，所以还是去了那家咖啡店，点了同样的浓缩咖啡和玛芬蛋糕。

早餐后，我去了趟大卫的开户银行。他的账户自去年十一月底就已透支，两张信用卡均有欠钱，失踪前房子的最后一次月供也没有还。

我又去蓝月亮酒吧旁的小卖部找阿德琳聊天，想看看能否得到更多与大卫有交易的毒贩信息。就在我们俩聊天的时候，凯瑟琳走了进来。她一进门就哭了。“大卫的遗体找到了，”她说，“现在在验尸官那里。”

我怔在原地一动未动。虽然知道大卫活着的希望渺茫，可是，这一刻，他真的永远地走了。我不意外，但感觉整个人被掏空了。

我赶回宾馆房间拨通了验尸官的电话。我想在正式告知爸妈前，再和验尸官最后确认一次。后来，我才知道就在我抵达白马城几小时后，一个跑步的人在施瓦特卡湖边发现了大卫的尸体并报了警，警察赶到现场实施了打捞。我在想，我第一次在警局遇到的那位警官是否知道这些？又或者当时还不能完全确定那就是大卫？我询问验尸官是如何确定尸体身份的。

她说："完全符合之前的描述，而且胸口有一只鸟的文身。"鱼鹰！大卫早期所在的一支乐队的名字。整整六个月，大卫的尸体随育空河水顺流而下30千米，最后漂进了白马城外因修建水利大坝形成的湖泊之中。验尸官告诉我大卫的尸体会送往温哥华进行尸检。

我问她我能不能过去看一眼。

"嗯，我不知道你想要过来。"她说。

"不行吗？"

"我的意思是你要想好自己到底想要记住一个什么样的弟弟。他沿河漂流了30千米，所以，你知道，他现在的样子，嗯，你不可能忘得掉。这是我想提醒你的部分，当然，最后的决定还在于你自己。"

我反复考虑了一个多小时，最后觉得验尸官说的是对的。无论会看到什么，我都不可能忘得掉。我决定听取验尸官的建议。

我拨通了家里的电话。电话那头传来妈妈的声音。

“大卫找到了。”我说，“3 天前打捞了上来，但直到刚才，我才知道。”

“是他吗？”

“胸口有鱼鹰文身。”

“哦——”

妈妈哭了。这个结局，她想过，我们都想过。但此时此刻，尘埃落定。在另一条线上接听电话的爸爸什么也没说。我说自己会尽力处理好大卫的后事。除此之外，我也不知道该说些什么。后来，全家人一致决定火化大卫的遗体，将骨灰撒在那些他曾经幸福快乐过的地方。我们都不想让他一个人被埋葬在离我们如此遥远的寒冷北方。每当我试图想象妈妈所承受的丧子之痛，总会不由自主地想起自己的孩子。女儿贾斯汀出生后有婴儿肠绞痛，经常疼到哭醒，而且一旦哭起来便很难安抚。无数个夜晚，妻子都会起身以母乳喂她给她安慰。我偶尔也会翻身起床抱起她，踏着每位父母不学自会的踱步节拍，兜兜转转，走来走去，尽力模仿着约翰尼·卡什①低沉的嗓音，轻声哼唱着他的歌曲《火环》《福尔松监狱蓝调》和《走在线上》。神奇的是，有时真的有效。我好奇这会不会是一种简单的生理反应，低沉有磁性的声音会让人自然地放松与平静。不论是谁发出的这种声音都会让她感受到一种安全感。

然而，身为父母，又有谁可以保护子女一辈子呢？为人父母的时光就是父母将自己内心的某些想法强加在孩子的身上，彼此在黑暗中调试、磨合的时光。妈妈和大卫经历了那样的时光。它们留在了心里，成为妈妈现在唯一拥有的、属于大卫的东西。

妈妈对我们兄妹三人总是期望过高。小时候，她给我和大卫订阅《卫报》② 想要拓宽我们的视野。我刚搬去多伦多那会儿，怀揣着成为一名作家的梦想在一家经营不善的餐馆当服务生，经常会收到她夹杂着各种就业信息的来信，譬如牛津大学英语系正在招系主任，或者是外交使团最近会有新职位之类的。我相信弟弟大卫和我一

---

① 约翰尼·卡什（Johnny Cash，1932—2003），美国音乐家、乡村音乐创作歌手，以低沉特别的歌声著称。

② 《卫报》（*The Guardian*）是一份著名的观点独立的英国报纸。1821 年创刊于曼彻斯特，总部现在位于伦敦。

样，一定也收到过类似的信件。

事实上，大多数父母都会根据孩子的实际情况调整自己的期望值。我们的妈妈也不例外。她一直在调整对我们的期望，唯有心中对我们的希望与爱始终未变。她欣赏大卫过人的音乐天赋，也理解他的局限所在。

有一次，警察周日一大早敲响了我家大门，告诉妈妈我昨晚和一帮朋友被抓了个现行，因为我们当时酒气冲天，正试图将一个表示“停止”的交通标志牌“连根拔起”。记得妈妈当时哭着说：“我和你爸，我们究竟是做错了什么?”

其实，他们什么也没做错，但我们就是会偶尔犯错。为人父母，生儿育女，无程式可依且危机四伏，好像从一开始你就被设计为不可能解决所有的问题。做父母会有很多的收获与回报，但有时你也要承受无尽的痛苦。

那天晚上，凯瑟琳临时约大家一起共进晚餐。大卫的朋友们都来了。他们中有些人我见过面，聊过天，但很多人我还是第一次见。凯瑟琳坚持说大卫在自己的监督下已经有一年多没喝酒、没吸毒，也没有拈花惹草了。然而，有乐队成员告诉我，大卫其实经常喝高，私生活也和以往一样混乱。也有其他音乐人说，大卫的真实状况其实很难讲清楚，很多时候他看上去酩酊大醉却又头脑清醒。不过，过去两年，他们都亲眼见过大卫喝酒。

每个人都在聊自己记忆中的大卫，于是无数个版本的大卫就这样坐在了一起。十个人中包括和我曾在电台交谈过的克林特。他非常地难过，因为他一直坚信大卫还活着，去了一个温暖的地方开始了幸福的新生活。如今，他与残酷的现实迎面相撞，心力交瘁。

大卫曾经的电台同事罗克珊对我说，大卫为人慷慨，帮助过周围很多人。他会借钱给别人，会开车送别人。罗克珊可爱优雅，她说自己和大卫互有联络，但从未发展出一段浪漫的关系。

无尽的悲伤，连日来的失眠以及此时喝下肚的酒精都让我整个人恍惚迷离，犹如一具空壳。我和别人说话时好似能看见对方头顶上方正在播放一幕幕的画面。我感觉自己的大脑前额叶皮层因为超时工作而无法及时处理信息，一切都慢了一拍，有一种磁带卡带的效果。

我离开众人，下楼去上洗手间。因为房屋的错层设计，这里是大卫的小天地。里面摆放着一台电视机、他所有的乐器（吉他、班卓琴、曼陀林、电贝斯、口琴等）、大量的书籍、唱片、CD、DVD和录像带。无论住在哪里，他都会有一个这样的小天地让他肆意大笑、吸烟、大声咳嗽，尝试各种离经叛道的想法。

我蓦然感觉自己好像看见大卫就在这个房间里弹着班卓琴，手指在琴弦上一一划过。桌子上放着凯瑟琳从验尸官那里取回来的一个塑料袋，里面装着从大卫衣服口袋中取出来的东西——一个烟盒、一块已经损坏的金色怀表、两张五加元的纸币、一张五百加元的支票和一份房屋月供清单。我拿出怀表仔细地看了一会儿。想起大卫有段时间总喜欢穿个马甲，将这块怀表放在一只口袋里时不时地掏出来看时间，活像一位 19 世纪的火车站站长。

小天地里有一排大卫的乐器。他所有的吉他不是立在琴架上就是放在琴盒中。我很想拿走一件他的遗物，一件比班卓琴或吉他更好的东西，一件他几乎一直带在身边的东西。我想起小时候我们俩去市中心的大学参加乐理考试，每次他都会早早完成，然后坐着等我。考试一结束，我们俩便一起去附近百货公司地下一层的一间面包房买奶油泡芙。印象中差不多已经摆放了一天的奶油泡芙每到那个时候就会打折，它们看上去软塌塌、湿漉漉的。我们俩一人先吃上一个，然后带着剩下的两个去顶层停车场，准备从那里对着等公交车的人们一举抛下。

“不需要使劲扔，轻轻掉下去就行。”我说。

“为什么是我？”

“因为是你自己说你都不知道怎么让奶油泡芙从高处掉下去！”

“我当然知道。我问的是为什么是我？”

“因为你得学习。”怎么感觉这好像是个什么有市场前途的技能？

大卫靠着栏杆，手里拿着两个奶油泡芙，一脸无辜。他对着楼下的街道松开了手，我们俩立马离开“作案现场”，顺着充满尿骚味的楼梯一路叮叮咚咚地跑下去，脑袋瓜里想象着“奶油泡芙原子弹”已经成功地定点爆炸。我和大卫来到大街上，故作不经意的样子走近巴士站，难掩兴奋地轻声交谈，感觉即将见证“奶油泡芙原子弹”在方圆十英尺范围内制造的“杀伤”效果。结果，什么也没看到！没有人一头奶油哭着喊着抬头往上看，马路边上也是一点痕迹都没有。哦，天啊，奶油泡芙去哪儿了？怎么会什么都没有“击”中呢？

长大后，大卫曾帮助我学吉他。等我掌握了一些和弦之后，他又帮我录制了一首我自弹自唱、参与创作的糟糕曲目——《你是我的试管婴儿》（*You're My Test Tube Baby*）。那时候，他就像个大哥哥，对我耐心指导，帮我调节话筒、音量，选择一个唱起来不那么费劲的调门。我真心领略了一把他玩转不同乐队所具备的那种浑然天成的音乐表现力。他倾囊相授的一个原因或许是因为我们俩实力相差悬殊。话说回来，我们兄弟俩一直都在各自擅长的领域独立发展，从来没有形成过一种所谓的竞争关系。

有意思的是，我年少时也曾参加过一个乐队，负责钢琴弹奏。当时，我会弹猴子乐团①的一首《开往克拉克斯维尔的最后一班火车》（*Last Train to Clarksville*）。乐队其他成员会演奏另外一首冲浪摇滚器乐作品《扫除》（*Wipe Out*）②。但是，我们几个人唱歌都不行。有一次，我们还得到一个在社区中心表演的机会。我们郑重其事，专门开会，感觉就像是披头士乐队成员聚在一起筹划谢亚球

---

① 猴子乐团（The Monkees），又译作“顽童合唱团”，主要活跃于1966—1971年的一个美国摇滚乐团。

② 1961—1966年，自美国南加州兴起的一种新的音乐类型——冲浪音乐（Surf Music）。基本形式有纯器乐的冲浪摇滚和以人声旋律为主的冲浪流行。《扫除》是一首器乐冲浪摇滚乐的代表作。

场的演唱会。①

就在大卫的小天地里，我突然有了一股想要演奏的冲动。我拿起一把他的吉他，开始弹奏记忆中的两首歌——滚石乐队的《甜蜜的弗吉尼亚》（*Sweet Virginia*）和二重奏组合伊恩与西尔维亚②的一首《四道强风》（*Four Strong Winds*）。要知道，当时楼上坐着的可都是一帮专业的音乐人。

我不知道自己在楼下待了多久。等我再次上楼，克林特正准备起身离开。大卫结交的朋友们都待人真诚，乐于助人。只是，我们当时不知道彼此想要或需要的是什么。我们讲述着各自熟知的那一部分大卫的故事。我讲起大卫的童年，而他们谈论着大卫成年后的模样。我们听着大卫的音乐，觥筹交错间，那一夜便这样过去了。

我回到宾馆房间，遮光窗帘四周形成的矩形光影让我备受折磨。这种边缘透进来的光给人一种科幻片中的邪恶力量即将全面释放喷涌而出的感觉。我躺在床上，脑

---

① 1965年8月15日，披头士乐队在美国纽约著名的谢亚球场（Shea Stadium）举办了演唱会。这是该乐队1965年巡演的重头戏，这场演出的实况录像后被制作为50分钟的纪录片，取名《在谢亚球场的披头士乐队》。

② 伊恩与西尔维亚是一个加拿大民间乡村音乐二重奏组合，于1961—1975年活跃于舞台。

袋因为酒精的作用天旋地转。我打开电视，不停地换台，五分钟之内看了六个节目。

以前，我和大卫经常一起制造麻烦。有一年夏天，我们去爷爷奶奶家过暑假。那年我和堂兄彼得12岁，大卫9岁。我们三个人从加拿大这头的佛朗西斯堡跨桥到对岸美国明尼苏达州的国际瀑布城去购买美国境内最有新意也最具破坏力的烟花。我们抬着一箱子可以炸毁一家银行金库的烟花返回大桥过境时，一位执勤士兵面带微笑，冲我们挥手示意，我们便大摇大摆地过了桥。

当然，我们没能去一家银行“现场作案”，却炸毁了爸爸妈妈当时租住的乡间别墅的花园。在我们几个小毛头眼里，我们的行动与想象中的最后效果还存在着巨大的差距。我们将此次的爆炸定性为“没有受害者的犯罪行为”。购买的烟花里有几包重炮，感觉真像炸弹一样。爸妈一回来就立马看见了花园里犹如大轰炸之后的样子——绣球花被削平了，紫罗兰和雏菊不见了，玫瑰花残败不堪且全部变成了黑色。可想而知，他们有多生气，而这栋乡间别墅原本属于爸爸的一位儿时好友。

“这是安妮阿姨家的花园！”妈妈说。

我们自然少不了“据理力争”——不就是个花园嘛。

"她花了数天，数周，数月辛苦栽种和打理的花园！现在倒好，全被你们给毁了。你们还有什么好说的？"

我们真心觉得早知如此，就应该一开始选择其他人家的花园实施爆炸。

"我们很抱歉。"

"你们知道她为了这个花园付出了多少时间？这个花园对她来说意味着什么，知道吗？"

不知道，真的。在我们自以为是的少年世界里，真的是所知不多。一如妈妈经常强调的，我们缺乏意识。在青春期到来之前，这次"麻烦"是我们童年的最后一次阵痛。我们不得不向安妮阿姨道歉，也不得不搬离她的这座乡间别墅。坐进车里，妈妈不无遗憾地看着它说："我们再也回不去了。"

每次全家欧洲旅行的时候，爸妈总会偶尔单独外出就餐。有一次在威尼斯，15 岁的我留下来负责照顾 12 岁的大卫和 6 岁的艾莉森。我们当时住在一间有很多大理石的豪华酒店，从房间里就能清晰听到楼下船夫站在贡多拉船头为船上游客献唱的美妙歌声。大卫之前不知怎么就买了好些气球。我们俩将气球装满水，然后从酒店房间冲着楼下的贡多拉船直接抛出去。可惜，我们屡屡失手，直至剩下最后两只水气球。这时，一位音高夸张的男高音船夫正在引吭高歌，唱的是汤姆·琼斯的那首《戴丽拉》（*Delilah*）。我和大卫一人手里拿了一只水气球从阳台上抛了下去。歌唱声戛然而止，紧接着是一连串令人印象深刻的意大利语的咒骂声。那种做了坏事抑制不住的亢奋让我们觉得好生刺激，同时还在暗自想象意大利警察突然破门而入“缉拿凶手”的可怕一幕。

在这个世界上，我们最终依赖的是什么呢？对大卫来说，一定是他的音乐天赋。然而，随着时光流逝，音乐能带给他的心理慰藉已越来越少，更多地变成了一项生存技能。他最初的小家早已四散。虽说一有机会，大卫就会去见自己的女儿艾薇。但是这么多年下来，艾薇和爷爷奶奶在一起的日子远比和爸爸在一起的时间多。大卫，我的弟弟，一个曾经阳光灿烂的少年，他脚蹬牛仔靴，头戴牛仔帽，双手在身旁甩来甩去，好像要迫不及待地放在一件乐器上。多年前开始的每一步最终将他带入了难以承受之境。

第六章
独木舟

在白马城，你感觉不到清晨的翩然而至。光线轻柔地四散开来，让人难以察觉。我大约断断续续地睡了两个小时，其中有一半还在半梦半醒之间。我迷迷糊糊地意识到刚才眼前清晰的画面原来只是一场梦——著名的好莱坞演员佩内洛普·克鲁兹并没有坐在那张褪色的翼椅上为我挑选食物，提供客房早餐服务。

抵达白马城当天，我就同当地的一位户外装备用品商预定了一只独木舟。原本计划独自划船沿育空河寻找大卫，尽管我也知道自己找到的可能性微乎其微。如今，尘埃落定，但我还是决定按计划去趟育空河。我穿好衣服来到自己熟悉的那家咖啡馆。一连几日的失眠让我不论看什么，都感觉笼罩着一层柔和的光芒。空气冷冽，所有的噪声都在耳中无限放大，更感觉有一些莫名的影子在我眼前不停地晃动。只见一位身高差不多 5 英尺①的

① 5 英尺约等于 1.5 米。

男子走了进来。他秃头，皮肤晒成了红茶色，身体前倾，看上去一副不大好惹、会随时动手的样子。他穿着一双舞蹈拖鞋，相貌是中东人的样子。我愣着看了好一会儿，才反应过来说："哦，他是真的。"

我在柜台领取早餐后便径直出门去提取预定好的独木舟。接待我的户外装备用品商脸颊红润，询问我是否有划船经验。我回答说有一些，但也是好多年前了。我也问了问这一段河水的情况，譬如是否有急流险滩以及从马歇尔湖桥划回城里需要多长时间。

他说："你还没来得及反应就已经回来了，真的是小意思。"他给了我一个岸边小木屋的位置坐标，告诉我这个小木屋属于一位丛林飞行员，我可以在此靠岸、上岸并进屋打电话，随后就会有人来接我返回我的停车位。

我和他一起将独木舟架上车顶并仔细捆好。我开车往桥边驶去。路上遇见退休老人驾驶着取名"和风"或"尤利西斯"的双色露营车从身旁经过。我想，年前的十二月，这一路肯定车辆稀少。

我在桥边将车停好，卸下独木舟推入育空河中，开始缓缓地顺流而下。这一天，气温 22 摄氏度，微风清凉，好似在提醒人们山上仍有积雪。的确，山上冰雪融化，汇流入河也不过是几周前的事。风势不大，水面平静但又足以吹散蚊子。河面宽阔，时见沙洲，四周松树华盖浓郁。远处山峦隐没云端，水面一如晨曦中的一汪湖泊，静谧平和。驶入一急转弯处，水中忽现一25米高的悬崖倒影直插水底，让人不由得心下一紧，感觉进入了某种特效场景一般。靠近岸边的沼泽浅滩上横卧着枯死的灰色松树。此时河上，空无一人，悄无一声。

一个人驾舟独行自会体验到一份别样的宁静。四下空寂，唯有划桨入水的声音，一起一落，恰如呼吸。自小时候参加夏令营起，我便开始经常玩独木舟。14岁那年，我参加了一次营地组织的为期两周的穿越加拿大北部的原始旷野之旅。那一次，我差点溺水。整个团队徒步前进时，我负责搬运一个90磅①的食品袋。那个年代，能够携带的大多是罐头食品，所以真的很重。但是，一如行程导游所说，食品每天都有消耗，袋子只会越来越轻，直至最后空空如也。不像其他两位同伴，40磅②的负重必须从头背到尾。只是一开始，90磅的食品袋压得我举步维艰。当时，最容易的一条路也需要我们背着东西穿过

---

① 90磅约等于40.8千克。

② 40磅约等于18.1千克。

一片浓密森林，再沿着一条小溪继续前行。抵达小溪后，我跟着队伍走在最后，踏出一只脚踩在了一块石头上，突然脚下一滑，整个人往后跌入水中。因为背上的食品袋太重，我完全动弹不得，整个人淹没水下。其实，溪水并不深，我能看到水面离我不过几英寸，树梢就在眼前弯弯扭扭地伸向天空。我挣扎着想要翻身，无奈袋子太重根本翻不动。我又试着将手臂从捆绑的绳索中解放出来，可惜绑得太紧根本动弹不得。不幸中的万幸，导游恰在此时回头，一下就看见了我从水中伸出的双手，他立马折返往回跑。他并不比我大几岁，当时也就 18 岁左右。他费了好大劲儿才把我给拽出来。我一出水，只听他冲着我大喊："你究竟在做什么?!"天啊，我差点溺水！

第一周行程结束后，每位队员又必须独自在野外生活三天。我们一个个地被放在一座座孤岛上，留下的食物只有一块烘焙巧克力、半杯燕麦和一包防脱水汤。团队为我们每个人准备了一把刀、一盒火柴、一个锡罐、一个睡袋、一条地席和一段带有鱼钩的钓鱼线。领队说："大家自己生火、钓鱼、找浆果。注意，一定要确定浆果无毒！男子汉们，我们三天后见！"

我独自坐在一块岩石上开始钓鱼。然而，最后咬住鱼线的却是一条水蛭。我没有鱼也没有浆果，有的只是一份全然将自己吞没的孤独。第一夜，天空犹如一头巨大无比的猛犸象，蚊子在耳边“轰鸣”作响，让我误以为有一艘摩托艇开了过来。我开始生火，浓烟四起，接着就躲进了睡袋里。这简直是《圣经》中上帝对人的考验。我喜欢自己一个人，但从未如此孤独过。长这么大，也从未有如此漫长的三天时间思考生命的意义。我对生命的探索、敬畏以及对其中所蕴含的苦难的理解有了一种交错纠缠的复杂感受。野外生存体验结束那天，团队导游第一个来接我。他将两只独木舟系在船后，我们一起出发去其他孤岛接其他人。大家返回大本营后就放开吃喝。我们暗自揣测这三天的“荒岛求生”会不会是主办方因为没有备足两周行程的食物而做出的权宜之计。我们讲起各自如何钓鱼不成功，如何应对蚊子和熊。然而，或许是不知如何说起，我们谁也没有提及那份刻骨铭心的孤独。

两只用绳索连在一起的独木舟出现在我的前方，它们正缓慢地漂移在育空河上。一只飞燕以优美的弧度掠过水面。水中沙丘有的高达 25 米，投影在翠绿色的河水中，令人沉醉。

我并没有努力划桨，前面的四个人则完全没有划桨。只见他们有吃有喝，有说有笑。我从来都不善于和陌生人打招呼，也不喜欢身边有陌生人。我开始用力加速，就在船头从他们的船边直切过去的一瞬间轻声说了声“嗨！”，超过他们并拉开一段距离之后，我才放手将桨板横放在船舷上，长吁了一口气。一想到六个月前，大卫就在我下方的河水中一路漂流，心中便久久无法释怀。

育空河水迷人的翠绿色让我想起位于落基山脉中的欧哈拉湖。欧哈拉湖区是一个风景秀丽却不易抵达的度假胜地。它无与伦比的绿色是光线反射湖中沉积的泥灰土——一种黏土和碳酸钙的混合物——而形成的。

大卫曾在湖区的欧哈拉湖度假屋工作过一段时间，可以说，那是他最快乐的一段时光。有一次，英国演员彼得·奥图刚好入住，看上去形单影只，孤独脆弱。当时，他刚刚离开一部电影的拍摄现场来此休憩。

记得大卫曾形容奥图有着让人意想不到的羞涩。欧哈拉湖度假屋有一项传统，即客人入住结束时大家一起举办联欢聚会。大卫有一天敲响了奥图入住的房间，邀请他一起参加。

“我不知道我能表演什么?”奥图听完来意对大卫说。

“如果可以的话，您可以朗诵——”大卫说，“比如一首诗。”

奥图同意了。聚会当晚，他站在大家面前朗诵了一首诗，大卫留意到他全程双手发抖。大卫当时觉得好生奇怪，为什么一位大名鼎鼎的演员在这样一个不知名的地方，面对一小群观众朗诵一首诗却如此紧张?他为此专门问了奥图先生。对方解释说自己一直都有怯场的问题。那段时间，奥图已戒酒，但显然还在吸食毒品，但它似乎对克服怯场毫无帮助。

自从大卫失踪后，我阅读了大量有关自杀的书籍。其中有一本是埃德温·施耐德曼①撰写的《自杀心理剖析》(*Autopsy of a Suicidal Mind*)，我从图书馆借这本书完全是因为它的书名。这本书详细分析了一位化名“亚瑟”的33岁医生留下的一份冗长的自杀笔记。当这份笔记及亚瑟的一些生活细节呈现给不同的精神科医生之后，每个人都对他所深陷的生活困境颇有感触。其中一位精神科医生写道:“这是一位年轻男子寻求自我真实、身份及个

---

① 埃德温·施耐德曼(Edwin Shneidman，1918—2009)，美国临床心理学家、自杀学家和肥胖学家。

性的案例。”人生路上，又有谁不是呢？

读这本书的时候，我震惊于主人公亚瑟与我弟弟大卫之间诸多的相似之处。同大卫一样，亚瑟也有严重的饮食困难，不吃水果、蔬菜，只吃不含任何酱料的熟肉。同大卫一样，亚瑟直到6岁才停止吮吸手指。大卫小时候只吃涂抹黄油的烤牛肉、土豆泥、有酱汁的意大利面和鸡汤面条。他曾因不停地吮吸大拇指导致周边皮肤破损流血。后来，为了阻止他，医生开了一种涂抹在大拇指上的粉红色药膏，闻之就令人作呕，但没想到大卫却同吃冰激凌一般“舔”之如饴。

亚瑟也有一个哥哥，大他2岁，运动好，学业出色。这一点，与我和大卫的情况也很类似。亚瑟同大卫一样，机灵聪明，善于掩饰自己的抑郁，规划自己的生活。

甚至两个人选择自杀的时间点，都是一个在外人看来一切正在好转、诸事进展顺利的时候。这真是一个无解的悖论。在承受了莫大的痛苦之后，当生活开始有起色之前，一切戛然而止。或许，之前的痛苦沉重到连规划死亡的心力都没有。然而，一旦开始好转，他们就会重获“杀死”自己的能力。他们中的一些人真就这样做了。在别人眼中，他们看上去比以往更快乐，其实那只是因为他们知道“终点”近了。在朋友和家人眼中，他们的“阳光灿烂”是为过去一段长期且艰难的抑郁画上的句号。然而事实上，那只是因为他们找到了永恒的解决之道。

他们中的每一位，包括亚瑟和大卫，都有过自杀企图。对有些人来说，一次尝试便已足够。就像小时候玩脱轨游戏，突然看见有人受伤，尝试的后果瞬间清晰。然而，对另一些人来说，第一次试图自杀是他们迈出的关键一步，由此看清自己的自杀欲望。大卫第一次自杀时，我们全家人都毫不知情。然而，在统计学的意义上，大卫实则已经往前迈出了一步。

亚瑟15岁时尝试过一次自杀。那一年，他去参加一个周末的露营活动，有机会和一些平日里颇受欢迎的孩子一起玩。以往，他都被孤立排除在外。但这一次亚瑟和其中一位不错的姑娘还有了接触，心中满是喜悦。然而，愉悦的感觉很快就被害怕的情绪所取代。他担心自己会一直重复这样的模式：在长期的孤立与沮丧中偶尔体会短暂的快乐。于是，他选择服用过量的镇痛药来结束自己的生命。

亚瑟的哥哥觉得，如果他们当初了解到更多的情况，采取一些措施，或许可以挽救弟弟的生命。然而，亚瑟的姐姐认为他的自杀无可避免，没有人真的能做些什么。

我一直觉得大卫原本有获救的机会。一如他的朋友们所说，他曾伸手寻求帮助。或许，他有过，以一种隐晦、不易觉察的方式。我们俩很少通电话。几年前，他有一次打电话给我。当时，他处境不好，我能听出来他说话的时候一直在喝酒。他在电话中细数自己近来遇到的各种不如意：麻烦不断的演出、情感问题、缺钱等。我建议他或许是时候考虑搬回卡尔加里，那里有更大的舞台，更多的老朋友和工作机会，可以有一个全新的开始。“是的，是的，”他说，“也许吧。”我问起他北方漫长黑夜的感觉，因为我总觉得无尽的黑夜就像是裹尸布一样令人生畏，大卫回答说：“我可是个夜猫子。”长大之后，我鲜少有当哥哥的感觉。那一次是为数不多的几次中的一次。

亚瑟在抑郁的同时还饱受外债和失恋的打击。他在笔记中直接提及一位分手的女友。这一点，大卫也一样。

在阅读过程中，我发现自己总在试图寻找自杀者的一些共性。而这也正是众多研究自杀的学者所做的工作，他们也的确总结出一些不受国别限制的特点。譬如以立陶宛、哈萨克斯坦、斯洛文尼亚和日本等高自杀率的国家为例，学者们发现自杀者的职业分布以牙医等医生居多，婚姻方面大都离异或独居，个人多有酗酒、吸烟或吸毒的问题。一项研究指出个人的自残或自杀行为往往与其所支持的体育运动队的表现有直接关系。举例而言：当蒙特利尔加拿大人队在加拿大棒球联盟赛季伊始即被淘汰无缘总决赛时，魁北克省的自杀率明显升高；当美国的俄亥俄州立大学七叶树队在足球比赛中获胜，俄亥俄州的自杀率就会有所下降。然而，还有一些队伍基本上连年失利，比如美国职业棒球联盟的芝加哥小熊队自1908年后几乎再无佳绩，直至2016年才再次问鼎世界大赛。这些队伍每一年的败北并不会引发支持者的自杀行为。社会学家认为恰是它们的屡败屡战反而成为连接支持者的一种特殊纽带。

众多有关自杀的理论中真正触及实质的其实少之又少。法国心理学家古斯塔夫·勒庞①写道："我们很多人都可以做到不去寻求真相，但没有人强大到不再需要幻想。"自杀者的一个表现是他不再拥有任何幻想，不相信

---

① 古斯塔夫·勒庞（Gustave Le Bon，1841—1931），法国著名社会心理学家、社会学家，群体心理学的创始人。他最出名的作品即《乌合之众：大众心理研究》（*Psychologie des foules*）。

自己会更健康、更幸福，也不相信自己会摆脱债务、找到真爱，更不相信当自己一觉醒来，黑暗尽逝，阳光普照。

育空河上此时乌云密布，方才的蓝天倏忽而逝。云层压境突然让周边的景色有了一种处于二维平面的感觉。风，也起了。连日的失眠让我整个人处于产生幻觉的边缘。河岸南侧聚集了一大群乌鸦，让我蓦然想起希区柯克①的电影《群鸟》（*The Birds*）。脑海中开始回放蒂比·海德莉扮演的女主人公被一群乌鸦、海鸥袭击的恐怖画面。大卫也曾被乌鸦袭击过。一只乌鸦飞落到他的头顶上啄了他，给他留下了一定程度的心理阴影。

一本宣传小册子上曾提及育空河中有一架沉没的阿弗罗安森飞机残骸。据说，在河中的某一个位置，透过清澈的河水可以清晰地看到这架英国制造的训练飞机。1964年，一位男士进入驾驶舱在偷驾途中坠入河中机毁人亡。我沿途有意寻找，却始终未能看到。我反而看到了美军在二战期间建设阿拉斯加高速公路时修筑的水泵站的地基。

---

① 希区柯克是指英国电影导演和制片人阿尔弗雷德·希区柯克（Alfred Hitchcock，1899—1980）。他是电影史上最有影响力的电影人之一。《群鸟》上映于1963年。

我漂流进入一个峡谷，眼前的河水陡然变窄，两岸皆是矗立了千年的黑色玄武岩。水面上的小小旋涡使水流加速，独木舟变得难以驾驭。黑色峡谷让人仿佛置身于另一个世界，恍惚一切皆是幻境。这时，天空开始下起小雨。身后的乌云层层翻滚，眼前的河水因四周玄武岩的投影亦是泼墨一片。雨势越来越大，瞬间倾盆大雨。我全身上下唯有一件轻薄的尼龙风衣遮风挡雨，实在难以招架。我差不多早已忘了雨中划桨是多么的痛苦！多年前，我和几个朋友在一个湖泊的湖心突遇暴风雨，雷电交加，情势危急。我们在大风大雨中争辩到底是继续划桨前进还是折返退回岸边。最后，我们选择继续向前。当时，狂风呼啸，大雨如注，我们一个个低着头迎着风，听见彼此大声喊叫。我们拼尽全力，冒着被闪电击中的危险不停地划桨，浑身湿透的身体又沉重又疲惫。最终，我们安全靠岸。上岸后，大家一起搭好帐篷，坐在里面又冷又湿，这时，除了等待，别无选择。

穿过峡谷就划入了舒雅卡湖，在雨中用力划桨的我筋疲力尽。不是用力冲刺时间过长而引发的疲累，而是一种四肢和大脑不断消耗产生的无力。我开始对划桨这个动作心生厌倦。我觉得丛林飞行员的小木屋应该就在附近。只是，大雨滂沱，眼前的一切都蒙上了一层灰绿色的迷雾，我很难看清河岸两侧。后来，在一个背风处，我看见了一个木棚，旁边恰有一架水上飞机——一定就是它了！我划向岸边，上岸拉起独木舟，敲响了房门。

飞行员开了门迎我进屋。他拿起电话拨通了户外装备用品商的号码。就在我们一起等待时，他告诉我他们三天前刚从河里打捞上来一具尸体。

我问他是谁最早发现的尸体——大卫的尸体。

“是水电公司的一名潜水员。他主要负责检查大坝的工作情况，所以会下水检查各个闸门，排除一些安全隐患。那天，他和儿子一起搭直升机过来的，就停在水面上。他儿子是名马拉松选手，当时跑步进城去提他们的卡车，在路上看见了水中的尸体。我感觉他们事先应该接到过通知，知道要对这一带多加留意。那具尸体离河岸很近，全身都是淤泥和沙子。看样子，应该是在河里漂了整整一个冬天。报警后没多久警察就来了，用抓钩把尸体从水中打捞了上来。”

我问他是否介意带我去看看发现尸体的具体位置。我没有告诉他那就是我的弟弟。他走出木屋，沿河岸指了指一个很远的水中旋涡：“看那儿，就是之前你看见岩石的地方。”我一个人沿着河岸走了走，望着那里好一会儿。返回小屋后，飞行员对我说：“是一名当地艺术家，自杀。”

户外装备用品商来了，我和他一起将独木舟放在了拖车上。他将我送到了马歇尔湖桥。我一进车便打开了暖气。雨停了，乌云尚未散去。此刻，我需要这片片乌云为我抵挡刺眼的阳光。

回到宾馆房间，我洗了热水澡，换了身干净的衣服，出了门。我专门走路来到大卫曾经时常出入的“98”。它是一个单层建筑，外立面看上去就像一套西餐餐具，四扇很脏的窗户被不同材质的东西堵得严严实实。一个抽烟的男人站在外面，衬衫纽扣全解，一眼就能看见他上身那副充满怒气的“墨水画布”。他的鹰钩鼻上包扎着绷带，嘴巴细成一线，看上去犹如一只猛禽。他双眼盯着我，显然，我的出现让他很不愉快。

我接着往前走进了一家餐厅，点了份比萨和一瓶红酒。三杯红酒下肚，我还是盼着它们会对睡眠有帮助。餐厅的灯光温暖柔和，我漫不经心地观察起周围的客人。旁边一桌像是德国人，个个身形魁梧，脸颊红润。记得有人说过，德国人喜欢来加拿大狩猎驼鹿。我认识的一个人曾经是这方面的导游。他会在点燃的篝火旁为游客们朗诵罗伯特·瑟维斯[①]的诗作，并向大家保证第二天即将猎获的驼鹿会和传说中的一样大。走出餐厅后，我很想在告别这座城市前绕城一周。大卫在白马城的日子大都在这几个街区度过。可是，我真的已经走不动了。于是，我开始往宾馆走，心下担心今晚又将是一个不眠之夜。回到房间，我记了笔记，看了一段黑白电影，又喝了一杯红酒。躺下后，睡得很不踏实，做了一系列达利[②]式的奇幻之梦。凌晨四点，我醒了。我知道自己再也睡不着了。但我又感觉自己好像已经充电完毕，在接下来这一整天都会头脑清醒，有着游隼一般的注意力。

返回多伦多的航班是早上七点。我整理好行李，付账后便开车去机场还车。突然，我很后悔自己没有去看大卫最后一眼。在他人生的最后十年，我见他的时间加起来不超过一周。是的，我听取了验尸官的建议，没有去看他；但是，此刻，我觉得自己应该去。他的痛苦一定刻蚀在他饱受摧残的脸上，一定深藏在他的五脏六腑之

---

① 罗伯特·瑟维斯（Robert Service，1874—1958），英裔加拿大诗人、作家，被称为“育空地区的吟游诗人”。

② 指20世纪西班牙著名画家萨尔瓦多·达利（Salvador Dali，1904—1989）。他以梦为画，将超现实主义带入主流。

间。我不停地想象着他的样子。记忆中的那个男孩被一个受伤的男人彻底地抹杀了。

我走进停机坪开始登机。倔强的阳光又一次从飞机窗户中直射进来。飞机起飞，机身朝西南方向倾斜，棋盘一样布局的白马城很快就被留在了身后。

第七章 余波

我们在卡尔加里为大卫举行了一个小型追悼会，地点就选在爸妈宽敞的公寓里。大卫之前的乐队朋友都来了，并在现场演唱了几首歌曲。其中一位乐手对我说，在音乐上，是大卫鼓励他们坚持做自己。之后，全家人带着大卫的部分骨灰来到落基山脉的欧哈拉湖。我们知道他在这里度过了一段赏心悦目的美好时光。我们爬上一段陡峭小路，在一个可以将湖面风光尽收眼底的地方，由大卫的女儿艾薇开始，每人依次抓了一把骨灰抛撒了出去。我们回到卡尔加里爸爸设计的那栋房子，将大卫大部分的骨灰撒进了不远处的跳浪溪。这也是他第一次举办婚礼的地方。妈妈的眼泪止不住地流，无论看见什么，从煽情的广告到苏格兰诗人罗伯特·彭斯的诗歌，她都会感怀伤逝。我觉得可能是因为妈妈的悲伤才刚刚开始，而我已经在心里和弟弟做了最后的道别。我以为自己说一句“大卫，安息吧！”就会全然放下。然而，事实并非如此。“自杀”会让人止不住地想问：为什么？为什么他会选择这么做？过去六个月，我不停地阅读有关自杀的书籍、文章和采访。然而，心中的疑惑非但没有减少反而增加了。当一个人选择自杀，他留在身后的一件事便是自杀本身。自杀，犹如一座城池，起初我只是偶有踏足拜访，但最终我似乎也成为居于其间的一位公民。

我申请了一份大卫尸检报告的副本。几周后，它寄到了。大卫死亡的医学鉴定结论是：“药物中毒和溺水。”与此同时，报告指出在大卫的肝脏中检测到微量元素乙醇以及毒品的主要代谢物。这也就意味着大卫在实施自杀前至少用了整整两天的时间为自己与这个世界的诀别而肆意狂欢。

我最初怀疑大卫是不是因为遇到了特别棘手的健康问题，一心想要早日结束不可逆转的痛苦而选择自杀。他的生活方式一直不健康，咳嗽起来就像是一位退休的煤矿工人。会是肺癌吗？他长年累月地抽烟吸毒，毒素早已侵入心肺，或许最终不得不为此付出代价。他一直很瘦，但到了四十多岁身体开始发福，主要的器官心、肝、肺都不是很好。他的饮食缺少蔬菜，据我所知，这会导致坏血病。然而，尸检报告却说他的身体运转一切正常。

我采访了几位从事自杀研究的精神科医生，阅读了很多的有关自杀的文章，就像个幽灵一样在自杀的世界里徘徊游荡。

失去了大卫之后，家中的其他成员悄悄地走近了。我开始频繁地给父母打电话，一有空就去看望他们。有一次回到卡尔加里，我和爸爸两个人沿着弓河一路骑行。爸爸已年过八十，但还是坚持一周三次去大学健身房锻炼，并定期骑行。我们先沿北岸朝动物园骑去，接着过河，再沿南岸骑回来。中途休息时，我们坐在岸边的长椅上望着眼前的河水。

爸爸说："我经常一个人坐在这儿，看着河水想起大卫。"爸爸很少主动提起大卫自杀这件事。听他这么说，我突然意识到失去大卫对他的打击有多大。如此明显的事实我直到今天才恍然大悟。

妈妈的情绪表达更为外露。她一直会问，自己宝贝的小儿子到底是怎么溜走的？可是，每当我们回忆起大卫的童年趣事，言语间又不免透出一份欢乐。

爸妈最终决定卖掉那架古老的19世纪的施坦威钢琴。

广告词上说，这架钢琴可能被弗朗茨·李斯特①演奏过。我能确定的是它被大卫演奏过。钢琴搬走后，我没想到它留下的空白如此巨大。妈妈不弹琴，爸爸偶尔弹上两下。也许，这架钢琴总让他们想起大卫，这让他们最终难以承受，好比去墓地，你可以常去但不可能一直待在那里。我也曾想过留下它，但是调音修复再运送到多伦多会是一大笔开销，况且我真的不知道要把它摆放在哪里。当然，我也从来不擅长弹琴。虽然如此，我还是为永远地失去了它而感到无比失落。

自杀之所以难解，在很大程度上是因为实施自杀的那个人已经走了。学者们对承受这一结果的家人、朋友甚至其他人做了多项细致深入的研究，发现相比于悼念因其他原因去世的人们，悼念自杀者所引发的情绪要更加复杂。面对自杀的消息，人们会经历震惊、拒绝相信、负罪感、悲伤、愤怒等情绪。他们通常都会追问：为什么？这究竟是为什么?！一家精神健康网站的主页上写着这样一段话："这种想要弄明白'为什么'的追问之路实际上极为艰难，因为围绕在自己所爱之人自杀前的周遭

① 弗朗茨·李斯特（Franz Liszt，1811—1886），匈牙利作曲家、钢琴演奏家，欧洲浪漫主义音乐的代表人物之一。

环境与情形往往无从探究，甚至无从知晓。有些问题可能永远也不会有答案。”

学者们通过研究悲伤情绪的发展阶段，提出了极度的悲伤、综合的悲伤（开始平复）和复杂的悲伤。临床医学对“复杂”的定义是指一个人没有能力再次融入过往的生活。自杀所带来的悲伤之所以复杂是因为生者首先会有一种没有能挽救对方而产生的负罪感，与此同时，还有一种对对方选择自杀的难以理解。的确，有很长一段时间，我都不知道要怎么和他人谈起弟弟的离去。

我认识的第一位自杀的人是我的邻居。他们一家的家世与遭遇会让人联想起美国的肯尼迪家族。在别人眼中，他们拥有金钱、美貌、聪明才智以及超凡的运动才能。然而，不知道为什么，整个家庭都笼罩着一层挥之不去的悲剧色彩。邻居家有四个儿子，据说其中一个驾驶着一艘喷气快艇冲着红河上一座桥的水泥桥墩撞了上去，当场殒命。就在这出悲剧发生后不久，另一个儿子也自杀身亡。我在悲伤的同时也深感困惑，说句不合时宜的话，他们真的应有尽有。这让我想起赛门和葛芬柯①的那

---

① 赛门和葛芬柯（Simon and Garfunkel）是美国著名民谣摇滚音乐二重唱组合，由保罗·赛门和亚特·葛芬柯组成。他们是20世纪60年代最流行的乐队之一。

首歌《理查德·科里》（“Richard Cory”）里提到的——一个无所不有的男人在回家后开枪自杀。在随后的十几年里，他们俩是我认识的人中仅有的两个自杀的人。

我认识的第三个自杀的人是我的一位记者朋友。我们俩初识于20世纪80年代。在蒙特利尔举行的一场文学活动上，他走上前来介绍说“我叫斯蒂芬”。他当时在一家国家报社负责艺术类报道。他说因为我和他都是作家，所以有必要互相认识一下。他具有他出生的那个阶层所具备的所有优良修养。他的哥哥是一位国会议员，爸爸是一位参议员。他从小读私立学校，在乡间别墅度假，有着一种在今天看来已不多见的上层社会的优雅气质。有一次，他邀请我和他一起去蒙特利尔城东观看一出他准备写剧评的戏剧，介绍说此次创作和演出的是一个久负盛名的德国剧团。

我们走进剧场，一片漆黑。一个看上去很复杂的钢铁装置矗立在舞台中央。一开始好几分钟，全场静默，什么也没发生。紧接着舞台上的装置开始抖动。只见，舞台上方有一些东西飘飘洒洒而下。后来我们发现那是面粉。原来舞台上的大铁家伙是一台巨大的面粉筛，细白的面粉就这样纷纷扬扬落在了漆黑的舞台上。有一些面粉飞落到前排座位，顿时传来咳嗽声。当面粉在舞台上累积到一定厚度，一个一身黑的男演员，脚蹬一双长袜，以一种模拟滑冰的动作“滑”上舞台。于是，在一片白色粉末之中，他所“滑”之处留下了一条条黑色的曲线，最后形成了一个简单的鱼形图案：椭圆形的身体带着一条三角形的尾巴。刺耳的机械音乐开始响起。半小时后，台上又“滑”出一个轮廓，这一次，我看是只猫。

斯蒂芬靠过来对我说：“真不好意思，这次算我欠你的。”

整整一小时，这些一身黑衣的德国人在舞台上“滑”进“滑”出，以脚为笔“画来画去”。面粉飞得到处都是，咳嗽声此起彼伏。

斯蒂芬又靠过来说：“完了，我看我得给你交税做补偿了。”

那时，我们俩经常一起打网球。皇家山东侧阴影遮挡下的公共网球场就是我们俩切磋技艺的好地方。斯蒂芬从小上网球课，对规则相当熟悉，但他不属于那种有运动天赋的人。我接触网球相对较晚，全靠自学，但运动能力更强一些。我们俩因此成为一对完美搭档。他打球很有耐心，但技术有限。我喜欢进攻，总想着杀球，虽然成功概率并不高。有一次，他对我说："你是网球界命中率较低的'连环杀手'。"打球结束，我们俩会一起就近吃一顿休闲放松的周日早午餐，聊一聊有关蒙特利尔这座城市的各种谜题。

一年后，他搬回了多伦多。几年之后，我也搬了回去。再次见到他是在一个派对上。他端着一杯红酒，给我一种闷闷不乐的倦怠感。再后来，有一天读晨报，我突然看到了他的死亡讣告。我们俩共同认识的一个朋友后来告诉我，斯蒂芬去世前失踪了好多天。因为他饱受抑郁症的折磨（我当时对此毫不知情），所以家人朋友出于担心便报了警。奇怪的是，在事先安排好的采访时间，他又按时出现。所以，他到最后都非常敬业，只是切断了和所有人的联络。

再后来，在刺骨寒冷的二月份，他一个人走进了一条山涧。那里是一大片的城市公共绿地，也是城里无家可归者的聚集地。斯蒂芬在一座人来人往的天桥下割腕自杀，因为气温过低，他最终因身体失温而非失血过多死亡。一个无家可归的流浪汉首先发现了他的尸体，并叫来了其他过往的路人，他们当中有人报了警。

斯蒂芬的葬礼场面宏大，气氛肃穆。圣公会①教堂的中殿和所有角落挤满了前来参加葬礼的各路精英。我们共同认识的一位朋友在致悼念词时说："他虽然不是壁球运动员……"

斯蒂芬的死让我深感震惊。一些比我更了解他的朋友一直试图挖掘和理解他的选择。可是，斯蒂芬，我们认识的斯蒂芬含着金钥匙出生，是一名出色的记者和一位才华横溢的作家，出事时他的妻子正怀有身孕。要如何才能合理化他的选择？实际上，没有人能解释清楚他究竟是为了什么。

在弟弟之前，我直面自杀并有所感怀的不过这一两桩。在弟弟之后，我突然感觉身边涌现出很多的自杀者。其中一个原因是人们对我敞开心扉，讲述身边亲人的自杀过往，似乎也想以此安慰我。另一方面，我开始留意刊登在报纸上的各种讣告，并总能从中找出自杀者的讣告。如果你经常阅读讣告（这样的人其实不在少数），你就会发现在现代社会，死亡大致可以分为三种情况：事出意外、寿终正寝和勇敢抗癌。当然，"事出意外"并不总是意味着自杀，它可能是一场车祸或心脏病突发。然

① 圣公会（Anglican）是基督教新教的一个宗派，源自英国。

而，因自杀而亡的讣告通常都用词委婉、隐晦，所以易于辨认。另外，自杀者的讣告在结尾处常会建议亲朋好友以捐赠而非携带鲜花的方式悼念死者。每读此类讣告，我都会仔细查看一下对方的年龄，发现以四五十岁的中年人居多。他们的突然离世往往让亲人手足无措。

大卫去世几年后，我接到一位在卡尔加里的朋友打来的电话。

“瑞斯迪走了。”他说。

“什么？怎么回事？”

“自杀，在阳台上吊了。”

其实具体的情形至今仍不明朗。我认识的瑞斯迪曾在墨西哥生活多年，中年后重返加拿大。他非常自律，每天戴着计步器行走1万步进行身材管理。他在墨西哥生活的那些年据说阴郁黑暗，声名狼藉。但自从返回加拿大后他好像变了一个人，唯一不变的是他一直和一个难以应付的女人纠缠不清。紧接着就是他突然过世的消息，令人难过且其中谜团重重。

一年后，在一个色调暗沉、受苏联建筑风格影响的郊区球馆，我正陪着11岁的儿子玩冰球，又接到上次那位朋友的电话。这一次，他说我们俩共同认识的另外一位朋友也自杀了。我上大学时认识的这位朋友非常聪明机灵，印象中他在沿海一带做着与电脑相关的工作。转眼，我们俩差不多有 20 年没见了。

接到他自杀的消息，我一直在想这些年他究竟经历了什么，于是拨通了他遗孀的电话。他的妻子告诉我，这些年他兜兜转转始终未能拥有一份自己的事业。硕士毕业后，他做过很多不同类型的工作：在书店待过；教授过英语作为第二语言的课程；还曾四处奔波，一心想将飞盘纳入当地的高中体育课程；当过技术类文案的撰稿人；也曾踏足广告界。最后，他决定在交互式技术领域专心发展。然而，因为情绪不稳与年龄压力，他总与同事有冲突，导致每一份工作都干不长久。

朋友的妻子提起他生前在欧洲参加过的一个交互式技术领域的国际会议。当时，他在会上的发言并没有引起与会者的关注。"我去机场接他，"她说，"他看上去非常的疲惫、沮丧，有着特别强烈的挫败感，从没有见他这样。"那一年，他不过 50 出头。

那次会议后不久，他有一天下楼让妻子带他去医院，因为他担心自己会自杀。在精神病医院入住三天后，医生建议他停止工作，在家休养，并服用抗抑郁的药物。

那年夏天，他积极接受治疗，状态好转很多。于是他开始进行咨询，并在室外做些工作。

之后，他在一家生产互动式触控屏幕的公司得到了一个职位。一开始他很开心，但很快整个人就变得失意且愤怒。他身边的同事大都是二三十岁的年轻人，这也就意味着他不得不在一群年轻人手下做事。他开始回家喝闷酒，对公司破口大骂，4 个月后便辞职了。心情好的时候，他每天晚餐喝点红酒；不好的时候，大中午便喝起了闷酒。

家中宠物狗的过世对他来说也是一个很大的打击。在新养了一条小狗后，他似乎又好了起来，并且萌发了开发一款手机软件让爱狗人士可以在公园相约一起遛狗的想法。他在遛狗园区找人聊天，又与行业内的一些熟人商讨。有段时间，他整个人因为这件事变得积极乐观，对未来满怀希望。可是，突然之间他又说这件事注定做不成功。

他的妻子告诉我，在这之后，他的状态便急转直下。因为不想再次回到精神病医院，他开始隐藏自己的抑郁情绪，陷入了失眠、厌食、酗酒的旋涡之中。

大家事后发现他其实为自己的死亡筹划了数个星期。

为了不让妻子孤身一人面对他的突然离世，他甚至事先安排妻子的妹妹来家小住。他原本计划在妻子去机场接妹妹时就在家实施自杀，结果没想接到妻子从机场打来的电话，说车内的电池信号灯一直闪烁不停需要修理一下。于是，他搁置计划先完成了修理工作。

第二天，他的妻妹不小心磕破了膝盖，他说看上去很严重最好去趟诊所。于是他的妻子和妹妹两个人一起外出好几个小时。回家后妻子在厨房的餐台上发现了一张字条。他平时就有留字条的习惯，通常写着自己去了哪里，几点回家之类的。可是，这张字条写的是他决定自杀，请拨打急救电话 911。她大喊他的名字，楼上传来他的声音。她跑上楼，看见他已经倒在血泊之中。他不仅割腕，还有割喉，十分决绝。

她拨打了 911，救护车来了，他奇迹般地活了下来。他在医院住了一周。第一天，医院在病房外安排了警卫。他一再向医生保证说自己错了，想要寻求帮助，想要活下来。因为精神科室暂无床位，他就住在了普通病房。第一晚过后，门外执勤的警卫便撤了。一周后，他基本康复，走出病房沿着走廊来到会客室，直接从那里的阳台跳了下去，跌落在人行道上当场死亡。那天离他 58 岁的生日只差一天。

他留下了一封五页纸的长信。信中内容前后连贯，情真意切，读来令人不胜唏嘘。他说自己无法应对这个快速变化的世界，感慨自己一事无成，直言自己身为一家之主何其失败。他说自己痛苦不堪却又找不到出路，实在无法承受这反复的折磨。

我一直在想这是一种怎样的痛苦，会让一个人如此决绝地以一种暴力的方式结束自己的生命，他曾是性情那么温和的一个人。记得上大学时他有一次光着膀子来开门，开玩笑说自己穿着一件本地治里①的休闲服。

我也一直在想，如果那次欧洲会议进展顺利，他会怎么样？如果改变一些生命瞬间，结局会不会不一样？我们大多数人都会有这样的假设——“如果当初……”。每一次糟糕的挫败都可能最终让一个人再也无法站立起来。

时至中年，我认识的人中有 8 位（全是男性）自杀而亡，有 3 位（其中 2 位女性，1 位男性）曾试图自杀。我个人生活里的数字与社会统计数据完全吻合。社会统计表明年龄 40~59 岁的中年人是自杀率最高的人群，超过了年轻人与老年人自杀数据的总和。其中，中年男性

① 本地治里（Pondicherry）是印度最热的城市之一。

又占据了中年人群的80%。

我们这一代人的自杀率比父母那一代人要高出60%。在四五十岁这个经济收入与家庭关系都相对稳定的阶段，我们对生活的失望乃至绝望反而凸显。我的一些朋友和弟弟大卫成为这不幸的一部分。

从历史上看，人类最易于自杀的两个时期是青春期和老年期。对这两个群体而言，疏远感是其中的一个因素。青春期的孩子心中充满迷惑和疑问，努力想要寻求生活的意义；而老年人面对类似的难题，他们感觉自己老无所用，疑心健康状况恶化，发现连自己的想法都不再可靠。处于他们之间的中年人，作为一个群体，其实对生活是相对满意的。人至中年，即使对人生没有百分之百的确信，也能够感受到自己有能力去爱、去工作、去和家人一起生活。中年人不再像二十出头的年轻人那样对金钱充满渴望，也远未至八十多岁时有可能出现的经济窘迫。他们也许还有一些痴心妄想，但总体而言是幸福的。

过去，中年群体在自杀统计上并不活跃，数据显示其所占比例往往偏低且趋于稳定。因为人数偏少，所以有关中年人自杀的学术研究在过去并不多见。然而，在21

世纪的今天，这一切都发生了改变。

我们试图从各种角度接近和分析50岁。这个阶段有着人生在握的某种自鸣得意，也有着想要继续保持青春活力和生活基调的必胜心态。实际上，大多数人都在小心翼翼地接近自己的50岁。这是人生第一个在身体上、经济上和精神上都需要仔细衡量、反复计算的10年。这个时候，你很难做到不回头看看自己这一路走来的点点滴滴，也很难不去评判自己的得失成败。

1964年2月，我和弟弟坐在黑白电视机前观看披头士乐队在《埃德·沙利文秀》上的首次亮相。还有比他们更快乐、更幸福的声音吗？那一刻，成千上万的我们谁也没有意识到自己正在历史的洪流中朝着同一个方向前进，朝着充满魅惑力的迷人青春前进！我们一起唱响简单快乐的青春赞歌。然而，十年过后，我们那一代人和披头士乐队成员一样，跌进了更为复杂忙乱的现实，开始分崩离析。从1946年至1964年，尽管有着阶层、性别、地理位置和政治倾向的种种差异，我们这一群横跨18年的一代人在历史中被划分为"婴儿潮一代"。这个原本就复杂多样的群体在中年之后更呈现出多元不同的发展面相。如果将这个世界松散地放置在一系列令人振奋的数字上，我们这一代人是诞生在消费主义与理想主义冲突阴影下的一支主力军，我们扛起了无数大旗朝前迈进，其中迎风招展、耀眼夺目的便是——青春！我们感觉自己在定义青春！我们恣意其间，觉得自己全然拥有，拒绝把它交给下一代。莱昂纳德·科恩①曾经说过，在当下的流行文化中，人们在60岁之前都抓住青春牢牢不放，然而之后呢？冷酷的现实等待着我们中的每一位。

---

① 莱昂纳德·科恩（Leonard Cohen，1934—2016），加拿大创作歌手、诗人和小说家。

第八章

迷失的男孩

2010年，美国罗格斯大学①的社会学家朱莉·菲利普斯及其三位同事一起发表了题为《中年人自杀率的近期变化解析：时代还是同辈效应?》的研究论文，这是最早探究近年来中年人自杀率陡然上升现象的文章之一。时代效应是指影响到同一时代每一个人的历史或文化事件，比如1929年的华尔街股灾。但是，同一历史或文化事件对各个社会群体的影响程度却不尽相同。然而，在菲利普斯研究的历史时期，即1999年至2005年，并没有发生什么大范围的、灾难性的历史或文化事件。

那么，从社会学的研究角度来看，另一个会引发大规模群体现象的因素便是同辈效应或群体效应。婴儿潮一代人是20世纪最大的一个时代群体，他们需要对有限的社会资源进行更为激烈的社会竞争。菲利普斯的研究发

---

① 罗格斯大学（Rutgers University），全称新泽西州立罗格斯大学，是美国新泽西州最高学府，公立研究型学府。

现，自杀率上涨幅度最大的群体是那些出生于婴儿潮时期、独居且没有接受过大学教育的中年人。这一研究发现支持了现有的这样一种观点，即经济资源层面的竞争对那些专业技能不足，缺乏生活伴侣、缺少经济及精神支持的人产生了极大的负面影响。

社会学家还发现婴儿潮一代人有着相对更高的抑郁症发病率。一方面，我们相比于坚韧克己的父母一辈（社会学家通常称之为“沉默的一代”，the Silent Generation）对抑郁症有着更普遍的认知和诊断；另一方面，我们这一代人有着更高的滥用药物与吸食毒品的比例，甚至可以说，我们的数据“遥遥领先”。

对婴儿潮一代的社会学研究必然不总是正面的。研究发现，相比于之前的世代，我们过度理想化、没有建立起相应的社会应对机制、缺乏面对困难逆境的能力，好像庞大的人口数字本身赋予了我们某种自以为是的特权。

我专门致电菲利普斯，想对她的研究做进一步的了解。她告诉我，婴儿潮一代的自杀率一直很高。20世纪70年代，20~24岁这个年龄阶段的婴儿潮一代的自杀比例是其父母辈在同一年龄阶段的3倍。菲利普斯说：“在人生这条路上，婴儿潮这一代人好像天生具有一种独特的危险性。”无论是在哪一个年龄阶段，相比于之前的或之后的世代，我们一直有着相当高的自杀率。而人至中年，我们对人生的绝望也达到顶点。

菲利普斯接着说：“临床研究清晰地表明，认识一个自杀的人会成为一个人日后选择自杀的危险因素。对婴儿潮一代人来说，青春期的高自杀率会导致中年时期的高自杀率，但目前这还只是一个推测。”

婴儿潮一代人对人生的醒悟充满坎坷和烦扰，他们之后的每一代人似乎都能更好地应对人生的成长变化。菲利普斯认为，随着新的家庭与工作结构的完全建立，整体社会氛围对千禧一代在经济能力上的期望趋于平和。这就意味着个人不再承受来自社会的买房、买车的压力，同时也不将一个人打六份工视作正常，自杀率自然回落。如果一个人对自己的生活有期望，“他自会根据境遇随时调整自己”。美国预防自杀基金会引用的数据显示，婴儿潮一代人在2016年的自杀率达到最高值，每10万人有19.72人；而年龄介于15至24岁的最年轻一代与千禧一代（即出生于1982至2000年之间）的自杀率数值基本持平且明显偏低，每10万人有13.15人。

那么，当婴儿潮一代人迈入老年之后呢？当我们开始真的变老，当我们这一代人热衷的瑜伽、医学美容或正念修行再也无法掩盖自然衰老的事实本身，又会发生什么呢？

“自杀率可能会更高。”菲利普斯说，“通常，日渐衰老会让一个人亲近宗教，趋于虔诚，但婴儿潮一代人的身上并没有体现出这一点，他们没有去寻求耶稣。”

就在菲利普斯发表研究结果的五年后，婴儿潮一代，尤其是其中的白人群体的状况日趋恶化。2015 年，《纽约时报》发表了一篇关于普林斯顿大学经济学家安格斯·迪顿和安妮·凯斯这对夫妻团队的研究工作报道。文章开篇写道：“美国白人中年群体中正在发生着令人震惊的变化。与美国其他年龄阶段的群体相比，与其他种族或民族群体相比，与其他富裕国家的同龄人相比，他们的死亡率一直在持续上升。”迪顿之前刚刚获得诺贝尔经济学奖，他与妻子凯斯通过分析来自美国疾病控制与预防中心的数据得出唯独北美中年白人日趋衰落的结论。

迪顿指出造成这种死亡率攀升的主要原因并非糖尿病或心脏病，而是自杀、药物滥用、肝脏疾病以及相关药物的服用过量。迪顿写道：“在当代，只有艾滋病毒/艾滋病造成过与之类似的陡然上升的死亡率。”

死者大多数为白人中年男性，占整体数值的7/10。新闻报纸也充斥着各种与之相关的报道，诸如《有毒男性气质也许导致加拿大男性自杀率翻两番》《婴儿潮一代自杀率上升，可能与年龄增长成正比》等。“大流行”一词随处可见。自杀预防中心专门针对中年男性发布了一个工具包，其中列明了预警信号和危险因素。

尽管女性会多次尝试自杀，但是男性自杀率是女性的3倍以上（每10万人男性27.1人，女性8.1人）。造成这种差距的一个原因是男性的自杀方式更具致命性，比如使用枪支而非安眠药。社会学文献列举了造成男性高自杀率的数个原因，其中就有经济原因。逐步衰老的劳动力大军无法跟上经济变化的速度，随着一些工作机会转移海外，失业便无可避免。同时，更多的工作机会留给了年轻人，而一些行业本身也在逐渐消失。日渐模糊的“男性”定义也是其中的一个原因。

事实上，性别观念的模糊性已持续数年。社会各界就如何重新定义男子气概或是否回归传统定义而展开定期的讨论。1990年，《铁约翰：一本关于男性启蒙的书》①

---

①《铁约翰》（Iron John）原本是格林童话中的一则成长寓言，讲述男孩在野人帮助下成长为一个成熟的男人。1990年，美国诗人罗伯特·布莱出版了一本同名书，成为当时的畅销书。

横空出世，这部神话史诗般的巨著一下子将人们的视线带回刀耕火种、茹毛饮血的粗犷时代。最近，一个号称是“西方大男人主义兄弟会组织”的“骄傲男孩”提出了极其直白、毫无诗意的发展目标：重回1950年代。他们提出的一个口号是：“向家庭主妇致敬！”“骄傲男孩”最初提倡的四个仪式中的两个都展现出好斗搏击的特点：一个呼吁在组织内部开展格斗竞赛；另一个则号召大家对左翼示威者武力相向，决不手软。五花八门的社会运动此起彼伏，有的直接表达对父权社会的怀旧之情，有的想要找到一个可以被广泛接纳的简要的有关男子气概的定义。

我是按照传统的男孩成长方式长大的，参加的都是男孩们常会参加的各项体育运动：和朋友们一起骑自行车、摔跤、玩弹弓、玩打火机和软气枪（又名BB枪）；在朋友家的地下室戴上橄榄球头盔和太阳镜拿着软气枪互相射击；举行自行车骑行比赛，玩“懦夫游戏”①；从树上、房顶上跳下去，一起打群架；看谁有胆量按响疑是巫婆家的门铃；看谁有勇气冲出树林跑进高尔夫球场的球穴

① “懦夫游戏”，又称胆小鬼游戏，原文为Game of Chicken，是一种流行于西方的博弈游戏。

区，一把铲起刚刚落地的高尔夫球，在一个体形笨重、高声叫喊的高尔夫球手的追逐下急速狂奔返回小树林等。

小时候的漫画书上刊登着查尔斯·阿特拉斯①的健身器材广告。其中有一个平面广告系列，取名为《侮辱让麦克成为一名男人》。一开始，麦克是沙滩上一个身形瘦弱的男生。他路遇一个恶霸，对方直接将沙子踢到他的脸上，他漂亮的女友当场弃他而去。于是，他下定决心开始健身，锻炼肌肉，最后他重返沙滩。当再遇恶霸，他一拳打在了对方脸上。这一次，前女友主动投怀送抱，在他的臂弯里轻声地说："哦，麦克！你终于成为一个真正的男人！"

我年轻时比较清瘦，为了加强锻炼，花了100多加元买了一套邮寄到家的威德哑铃。记得打开包装时，里面有一套健美先生戴夫·德珀拍摄的动作姿势展示画册，譬如如何锻炼肱二头肌和练习双腿下蹲。我在地下室努力练习，对着镜子左看右看，等待着自己奇迹般的完美蜕变。

有时候，朋友之间所谓的"男子气概"的比拼全是

---

① 查尔斯·阿特拉斯（Charles Atlas，1892—1972），意大利裔美国人，健美运动员。他的健美运动方式催生了一系列的广告。

荷尔蒙与愚蠢惹的祸。有一天下午，大卫、我和从东部来家里做客的一位堂兄一起互相比拼谁能手握一只燃烧的爆竹持续时间最长。可想而知，每个人都紧抓不放直到爆竹在手中爆炸，整只手都被炸麻了，残留的火药味简直就是一枚荣誉勋章。

那天晚上，为了庆祝维多利亚日①，我们社区举行了一场“烟花表演”。街坊四邻各式各样的爸爸围着购买的精美烟花盒转来转去，其中有一半以上都在抽烟。于是乎，毫无意外地，一个烟头掉在了烟花盒上，顿时给在场的我们上演了一场印象深刻又杂乱无章的“烟花秀”。噼里啪啦之间，整晚的娱乐活动便在一分钟不到的时间内倏忽结束，只留下一股浓浓的火药味挥之不去。我们排队回家，短暂的兴奋过后是无尽的失望。在我们眼中万无一失的爸爸们——家庭生计的维持大军却让我们失望了。

我的冰球教练特别严厉，他的下巴上有个酒窝。一旦我们比赛失败，他就会用与我们名字相对应的女孩名来称呼我们，比如用堂娜（Donna）称呼唐纳德（Donald），

---

① 维多利亚日是加拿大全国公众假日，以纪念英联邦女王维多利亚的寿辰，定为每年5月24日前的第一个星期一。这一天也被加拿大人视作夏季的开始，此节日为加拿大独有。

用约瑟芬（Josephine）叫约瑟夫（Joseph）。无奈的是，我们经常输球。记得有一天我们这一街区的很多男人都聚在一辆新敞篷车前，赞叹引擎，谈论化油器。在年幼无知、懵里懵懂的我们看来，他们各个都聪明能干。然而待及我们长大成人，故事却远非如此简单。离我们家几步之遥的一个男人常年遭受神经衰弱带来的痛苦，此外他们中也有很多人是糟糕的父亲：酗酒，搞婚外情，弄得家庭破裂。一位朋友的爸爸虽然平日里沉默寡言，但他也会拿起扫帚打自己儿子的头，用力到连扫帚都打断了。这些属于沉默的一代的男人，他们有的人会觉得自己的一生就是个错误。

而我的爸爸简直就是他们当中一个光芒四射的例外。他让人感觉无所不能，无论做什么都是那么回事。我在青春期的时候有一次被一位认识的女生的爸爸给揍了一顿，他觉得是我破坏了他家的花园。其实不是我，但我和突袭搞破坏的那帮人的确是朋友。于是我“衣衫褴褛”、鼻青脸肿地回到了家（看来哑铃训练的效果远远不如预期)，嘴角还流着血。爸爸问了我前因后果，第二天一早，他就带着我去找女生的爸爸。这位爸爸可是曾在北方搞出过大动静的“大人物”。我们到他家时，他正一个人坐在客厅喝啤酒。家里停着一辆凯迪拉克，此外还有一个游泳池。他女儿当时也在家，看上去有些尴尬。我爸爸对他说，如果想找麻烦，那也应该挑他这个成年人。现场气氛顿时紧张起来，就像是经常会在校园里看到的那种，只不过这一刻发生在两个成年人之间。那个男人抿了口啤酒，含糊地说了几句道歉和解的话，爸爸就带着我离开了。

美国知名小说家罗伯特·斯通在其回忆录《青春年华：追忆六十年代》中记述了自己从1958年至1972年大约15年的生活历程。出生于1937年的斯通原本属于更早的时代，理应和我的父母一样属于沉默的一代。然而，当1967年“爱之夏”① 发生时，当时30岁的他纵身一跃加入了“反文化”的浪潮之中。他在书中写道：“我们期望过高，需求过度，一切都远比我们想象的困难……我们什么都想要；有时候，我们将自我毁灭与才华和美德混为一谈，将自我抹杀与欣喜若狂彼此混淆，将鲁莽轻率与有胆有识相提并论……每一天，我们都想着如何完

---

① “爱之夏”（Summer of Love）是1967年夏天发生于旧金山的一个社会现象，当时有多达十万人会聚在旧金山的海特·艾许伯里区。嬉皮士主要聚集于美国、加拿大及欧洲的主要城市，但旧金山是这次社会运动的中心。

美地死去，生前帅酷，死后依然。何其荒谬！在这个世界上，没有免费的午餐。最终，我们不得不为此付出代价。这几乎是每一个时代都必须面对并修习的人生功课。”

婴儿潮这一代人影响了原有的社会架构，或者最起码动摇了它的根基：离婚率上升，教堂生活减少，对政治人物的信任度日渐削弱。按部就班去公司上班的选择突然成为人生大敌。像自己的父母那样，一辈子在一家公司努力打拼的人生规划也早已不受追捧。最终，我们用个人主义的泛滥取代了原有的社会架构。尊重个性、我行我素在很多方面都有其积极正面的效果，然而，世事难料，一旦生活艰难，它也就意味着你可资依赖的坚强后盾少之又少。

也许，婴儿潮一代就不是为中年设计的，就好比父母一代人不是为青春设计的。当我翻看爸妈的老照片，惊讶地发现当年不过 25 岁左右的他们全然一副老气横秋的大人模样。他们结婚那年，妈妈 23 岁，爸爸 24 岁。等到爸爸 27 岁那年，他们已经有了两个孩子和一份房屋贷款。而我 27 岁那年，还在晃晃悠悠，忙东忙西，怀揣着一份模糊不清的梦想蜗居在空心砖搭建的公寓楼内，一心爱慕着那些于我而言根本不合适的女人。当我父母这一代人到了中年阶段，他们是这个社会真正的中流砥柱——有房有车，穿着布洛克的皮靴，留着弗雷德·麦克默里[①]的发型。他们中的很多人都没有体验过我们这一代人才有的那份“青春”。当然，也没有像我们这一代人那样将“青春”拉扯至一个如此长的时间跨度。对有些人来说，那是整整的五十年。而对我父母那一代人而言，中年生活一跃而至，青春不过是大学岁月里的闪光片刻，之后他们便一脚迈进了好似没有尽头的中年时光。

而我们呢？似乎真的一直“活在当下”。只要这个“当下”让人感觉一切都充满希望，享有同伴情谊和各种可能性。挥霍青春，无忧未来，“当下”自然是花好月圆，岁月静好。然而，一旦这个“当下”一拖再拖，一如安迪·沃霍尔那些冗长无比的电影[②]，运转的摄影机对着每日日常一动不动地拍来拍去，又有什么意义？这个时候，何来美好之说？大卫一直坚守此道，他玩至深夜，睡得更晚，恣意快活，从来都是爱做什么就做什么，爱

① 弗雷德·麦克默里（Fred MacMurray，1908—1991），美国演员及歌手。

② 安迪·沃霍尔曾进行过电影创作，以缺乏情节、时间冗长为特色，其中有一部影片曾长达25个小时。

怎么活就怎么活，直到有一天，他对自己原本所爱的也不再爱了。

我不确定大卫是否患有抑郁症。抑郁症被认为是导致自杀的主要因素，约占 50%。大卫从未确诊，也没有遵照医嘱服用任何与之有关的药物（自己用药除外），更没有朋友用“抑郁”描述他。但同其他我所知的自杀者类似的是，大卫无法在这个世界上找到自己的位置，进而成为中年男性绝望大军的一员。

对婴儿潮一代中的许多人来说，尽管曾经被高度吹捧，但他们在怀旧的薄雾中闪闪发光的世代身份已被磨损。于是，剩下的便只有神话。

神话就是安慰剂，这也是神话的重点。然而，神话却不能将我们彼此连接起来。那么，我们彼此生活的参照是什么？是年龄，是债务，是生活的方方面面。我没留意到底是从哪一天起，债务成了我和身边很多人的生活重心。我们的话题是房价、高昂的入托费、运动装备费、舞蹈课课时费或者大学学费——这自然取决于家里孩子所处的年龄阶段。年轻时，债务对我来说就是一个抽象的概念。在某种程度上，它现在依然还是。当然，债务从来都只是问题的一部分。

我的外婆乔治娜·迈因兰来自苏格兰，在北美大萧条时期长大。所以，债务对她来说和死亡一样清晰，有着实实在在的破坏力。她的丈夫，我的外公唐纳德因为二战期间受伤领取到了一份微薄的战后伤残抚恤金。多年来，他四处零散地打一些零工。尽管如此，他们一生都从未有过房屋贷款。外公是名专业的砖瓦匠，等他和外婆慢慢存够了钱，便买了块地和一些建筑材料，自己动手盖起了房子。待房子完工时，两个人真可谓无债一身轻。

外婆会把各种绳索、松紧带都存起来。她把旧油漆罐里的剩余颜料混在一起调制出一种看上去“似是而非”的米黄色，用它来粉刷所有房间内墙。她也会买便宜的肉块，再烤成黑乎乎的一团。此外她还会剪下所有的优惠券，参加各种抽奖活动。有一次，还真赢了一套橄榄球球队温尼伯蓝色轰炸机的队服送给我作礼物。外婆还在后院开辟出了一个菜园，自产自销的同时把菜卖给住宿学生。她说她回避外出就餐的一个原因是她不大信任外国厨师的手艺，对他们使用的那些奇奇怪怪的调味料以及马马虎虎的食品卫生态度心存芥蒂。值得一提的是，外婆连买东西也都是专挑打折季。

我爸妈这一代既没有特别节俭也没有花钱如流水，只是偶尔会奢侈一把，全家来一次积攒许久的欧洲游。他们的选择已远比他们的父母辈丰富得多。总体而言，我的爸妈生活在一个充满年轻活力与乐观情绪的时代。

在这样一个充满乐观主义的氛围里，我们这一代人出生了，这是我们与生俱来的优势。借债本身就是乐观主义的一种表现。大家觉得房价一定还会再涨，股票市场一定繁荣，各种投资组合一定成功，就业市场一定会再次看好。所以，“借钱”不是件大不了的事，甚至可以说是生活必需品。对很多人来说，唯有通过银行借贷才有可能过上有房有车的生活。换句话说，我们终生将过着借贷的生活。债务就好比家里的一个穷亲戚，餐桌礼仪很糟糕，表达的观点也不敢苟同，还懒得不动一根手指头，简直就是一副怎么给都不够的模样。1965 年，加拿大的平均家庭债务占全家年收入的 60%；到了 2017 年，这个数据是 171%。

如果说债务是乐观主义的产物，那它同时也是乐观主义的一个敌人。尤其是现在，社会生活的乐观情绪似乎正在慢慢消减。皮尤研究中心①的一项调查研究表明，婴儿潮一代人对自己生活质量的评价普遍低于它之前和之后的时代。原来，我们才是灰暗阴郁的一代！让人惊讶的是，这种灰暗阴郁其实已持续了相当长的一段时间。数据显示这种状况在20年前，即处于婴儿潮后期的人们还在20多岁时就出现了。悲观阴郁的情绪不仅来自经济压力，更是人生在世的一种忧虑情绪。我们忧虑父母，担心孩子，更担忧自己。

芝加哥大学创建的“整体社会调查”过去30年累积的数据显示，婴儿潮一代人认为他们自身的生活幸福感比之前和之后的时代都要低。我们这一代人始终将追求自我实现视作人生的最大目标，结果为什么却会是这样？当然，所谓幸福，一直以来都是一个内容宽泛又无法科学衡量的观念。但是，幸福所蕴含的一项衡量标准便是期望。我们这一代人所求甚多：我们意图改变，对性与爱无限索求；现在，还想要更多的金钱。自一战前出生的那一代人算起，婴儿潮一代中最早的一批人，即出生于1946年至1955年的人，在前后相继的几个时代中在经

① 皮尤研究中心（Pew Research Center）是美国一间民调及智库机构，于2004年成立于华盛顿特区。

济上最为贫困，这个事实让人惊讶。他们在二战后的阴影中长大，原本对生活的期望值比较低。然而，自20世纪50年代物质充沛、时髦新颖（无论如何，回想起来的确是）的社会氛围中走出来的婴儿潮的年轻一代渴望着一切。我们总是想要比现在的自己看上去更年轻、更有钱。问题是，即便如此，我们却还总觉得不够。

一位朋友说所谓变老就是学习面对失去。几个月之内，他的两位密友，一位因心脏病离开了人世，另一位因车祸失去了生命。随着年龄日长，我们失去的不仅仅是父母和朋友，更是连我们自己都未能完全认识到也未曾被实现过的部分潜力。

有人会说："即使有机会从头再来，我也不想改变什么。"这一份坦荡的"义无反顾"总会让我感觉惊讶，因为我不是这样的人。事实上，我想要改变的事很多很多：我想让自己坚持练琴；我想让自己没有在北电网络公司①股价跌至20加元时就入市进仓；我想让自己从来没有过那些奇奇怪怪、让我心生后悔的各种约会；更没有迫不及待地撕破丝绒喇叭裤的那一幕幕。我应该早些时候就开始写作。我应该在上学那会儿更加努力。我就不应该

① 北电网络公司，加拿大电信设备供应商。

买那辆尺寸超大、一加仑油只能跑4英里的“国际旅行收割机”。我应该更有雄心壮志，更有专注力，也更富有同情心。我应该早些明白亲密关系的重要性。二三十岁的时候，恋爱来得太容易，不懂珍惜。有些人从生命中倏忽而逝，如今回想起来，我却连原因也说不上来。

唐·德里罗①说历史是在一个广大范围内的渴求。看上去，我们这一代人一直在渴求着什么，有对爱、对群体生活那显而易见的渴求，也有着对某种难以界定的东西的渴慕，一些当我们人到中年时能够感受到却始终无以企及的东西。

① 唐·德里罗（Don DeLillo，1936— ），美国当代散文家、小说家、剧作家。

第九章

机器中的幽灵

我和一位认识多年的女性朋友一起午餐。席间，她问我最近在忙什么。

“正在写一部关于自杀的书。”

“你有想过吗？”她问我，意思是自杀这件事。

“没有。”我真没想过。我反问她：“你呢？”

“我经常会想，几乎每天都会。不是说有意要怎么样，只是会有这样的念头，就好像是人生的一个选项。”

她说自己经常会把这个念头拎出来，仔细观察。好比看着一把在一个军人家庭世代留传的利剑，既让人感觉危险又有一种欣慰感。

“不用担心我。”她接着说。

事实上，我很担心她，放心不下。我会不自觉地想象她的一天，早晨起来就像挑选一件衣服那样选择自己是不是还要活着。对她来说，死亡就是人生伴侣，这是怎么做到的？每天都要和死亡打个照面，确认一下彼此的存在，就像一对老夫老妻，无须言语，陪伴即是安慰。

的确，死亡是每一个人的人生目的地，每一个人的人生伴侣。可是，当你发现竟有那么多人就像携带钱包那样每天带着自杀的念头，还是会震惊不已。2008 年美国全民药物使用与健康调查估计全美有 830 万成年人有过自杀念头。其中，230 万人制订过自杀计划，110 万人付诸实施，66.6 万人进入急诊室抢救，但仅有 3.6 万人被成功救回。

这项调查还对自杀观念本身进行了首次科学探究。同以往诸多的自杀统计数据一样，它引发了人们更多的疑问：有谁可以看穿我们内心的黑洞？尼采①说自杀这个想法本身对很多人来说是一种慰藉。他或许是对的。

我发现自己会时常观察周围的人，在心里琢磨他们有没有像私带一件秘密武器那样携带着死亡的念头。譬如她，这位在机动车辆窗口负责更新驾驶执照的中年女人。她为了抵挡空调的冷风戴了一条仿制的巴宝莉丝巾，探头看了看我们这条长长的队伍。她的五官很漂亮，但不难看出来她浑身散发着在官方机构里经年累月积压的疲

---

① 尼采，指弗里德里希·威廉·尼采（Friedrich Wilhelm Nietzsche, 1844—1900），德国哲学家、文化评论家、诗人和语言学家。

惫与压抑。也许，她曾为情所伤，后来的网络约会让她对爱与未来更加失望。她接过我们填写的申请表格，一看其中有误，一脸政府机构常见的鄙夷之气和厌烦之情。或许，她要搭乘拥挤不堪的地铁返回自己冷清的公寓，打开网飞（Netflix）视频，再开一瓶不错的波尔多红酒，将自己收集起来的所有安眠药片伴着红酒一饮而尽。哦不，或许今晚，只有红酒。

我收到大卫的前乐队队友皮特发来的一封邮件。他信中写道："我之前战胜了前列腺癌，最近又因为皮肤癌做了一次手术。还会好起来吗？我不知道。有时候夜里醒来，我会忍不住想，大卫的选择也没什么错。我们每日计划、工作，承受压力与焦虑，这一切是否真有回报？我们付出的时间和精力又是否真的值得？在人生尽头，一定是幸福快乐的吗？这些问题大卫可能都曾一一想过。我并没有自杀的想法，但从上高中起，我一直觉得自杀只不过是与残酷生活抗争的一种方式。大卫选择了这样的抗争方式。我很少有消极或者说不好的想法，即使有，也都来去匆匆。但是，不可避免地，每个人的内心都注定有负面的东西。这或许也是大卫曾经的挣扎。"

大多数人都要与心中的黑暗做斗争。我们经常会无人可诉，亦不知从何说起。儿童文学作家罗伯特·蒙施[①]就一直在和自己心中的黑暗做斗争。他出版了50多本儿童读物，几乎每一本都充满着对生命乐观、美好的赞颂。在大众眼中，他活力四射，满满正能量，好像天底下不会有几个人比他更快乐。

然而，数年前，他公开承认自己患有躁郁症，长期服用毒品并酗酒。可想而知，这一次的公开坦白多么具有颠覆性。一位杂志编辑认为我也写过儿童读物，是采访和撰写蒙施的最佳人选。

和蒙施约好访谈时间后，我从多伦多出发一路向西开了一个小时的车来到他位于圭尔夫的家。他和妻子及孩子居住在一栋简朴的郊区别墅中。那天，他在哈密尔顿有一个阅读分享会，他驾驶着本田雅阁汽车带着我一同前往。65岁的蒙施依旧散发出一股孩子气。他头戴一顶软塌塌的帽子，一副太阳眼镜，看上去就像是位9岁的露营者与亨特·汤普森[②]的奇妙组合。他说起话来不疾不徐，但我还是能捕捉到他在写作中流露出的那股躁动的

---

① 罗伯特·蒙施（Robert Munsch，1945— ），加拿大畅销书作家，其代表作有《永远爱你》（*Love You Forever*）和《纸袋公主》（*The Paper Bag Princess*）。

② 亨特·汤普森（Hunter Thompson，1937—2005），美国记者、小说家。

能量。比如在《莫伊拉的生日》(*Moira's Birthday*)一书中，蒙施用大写字母写道："两百张比萨！你疯了吗?!"他告诉我他的爷爷就是自杀身亡，所以他一直觉得自己也会有那么一天。"想法这个东西真是一点也靠不住。"他一边开车一边对我说，"你可能会想，'今天像是个自杀的好日子'，现实可能是今天可不是个自杀的好日子!"

蒙施说他从孩提时起就朋友不多。直到现在，真正亲密的朋友没有几个。他说自己的生活被各种工作和密密麻麻的巡回演出表占满了。我问起他的成长背景。他告诉我他在美国匹兹堡长大，20 世纪 70 年代曾在波士顿城外的一家幼儿园工作过。他对当时美国社会的描述呈现出糟糕透顶的反乌托邦色彩——被掏空的市中心、撕裂的种族以及让美国深陷泥潭的越南战争。他曾在波士顿市区遭遇打劫，因伤势过重而不得不做面部整容手术。他说："那时感觉像是生活在战区。"

为了抵挡自己的抑郁情绪，蒙施开始喝酒，结果一发不可收拾。1986 年，他报名参加了帮助酗酒者摆脱酒瘾的匿名戒酒互助会。就这样，他和酒精兜兜转转玩起猫捉老鼠的游戏——戒酒，开始喝酒，戒酒，再开始喝酒。从一周一杯葡萄酒变成一天一杯，再到后来一大早就喝起苏格兰威士忌，最后不得已再次回到互助会。

59岁那年，在一个大多数人开始做人生减法，逐步放弃很多事情尤其是毒品的年纪，蒙施却开始接触。当时，他是加拿大最成功的儿童文学作家，单单《永远爱你》一本书就卖出了3000万册。他说："我曾经开车到多伦多，在舍伯恩街或国会附近转悠，找人搭讪。我从来没有购买毒品的固定渠道。有时候把钱给了对方，对方当时答应得挺好，会说：'你稍等，我马上回来。'结果就再也不出现了。"有时候，为了能拿到"货"，他来者不拒。通常和他打交道的人都比他年轻，比他穷，也比他更像是街头混混。这些人曾一度怀疑蒙施是警探克鲁索①一类的卧底警察。后来因为突发中风，蒙施这才下定决心，花了4年时间戒除毒瘾。他一边开车一边和我聊起这些陈年往事。在哈密尔顿停好车后，他拿出手机开始查看自己滴酒未沾的天数。"你瞧，已经235天了。这都是我'清醒'的日子。"

这一天，他要在一所学校的体育馆为参加一个日间活动营的孩子们讲故事。我环顾四周，数百名年龄从5岁到

① 警探克鲁索指杰奎斯·克鲁索（Jacques Clouseau），是布莱克·爱德华兹的讽刺小说《粉红豹》（*The Pink Panther*）系列中的一个虚构人物。此系列小说后被拍摄为系列电影。

14 岁的孩子聚集一堂。孩子们吵吵嚷嚷，躁动不安，有时候还会野蛮凶狠得让人简直无法想象。我感觉头都要炸了。

让人惊叹的是蒙施完全镇住全场！即使是那些看上去对什么都不屑一顾、无比叛逆的大孩子也被他深深吸引。他们可能早已不再年幼无知，甚至过去好几年都没有正经看过儿童读物，但此刻他们聚精会神地看着舞台中央的蒙施。蒙施告诉我，他每年要举行两百多场次的读书会。只是如今，他的记忆力因中风受损，有时会突然衔接不上，不得不停下来想上一会儿。然而，孩子们对此并不介意，要么是根本就没有注意到，要么对他的停顿完全不以为意。总之，蒙施讲得绘声绘色，吸引着在场的每一位听众。

我们开车返回圭尔夫的途中，蒙施提起刚刚结束的表演。他说："舞台很欢乐，观众很喜欢。但是，过后，只有我自己。"对所有上台表演的人来说，这都是无法回避的哀叹与落寞。舞台之上，他们集万千宠爱于一身。然而，舞台落幕，繁华过尽，他们有时甚至会恍惚不知自己究竟是谁。就在我们见面聊天后不久，蒙施宣布彻底停止所有讲演。

这意味着他实际已经放弃了写作，因为他是在表演过程中进一步完善自己的作品。他给台下的观众讲故事，根据现场的反馈放弃那些不被喜爱的桥段或情节，同时仔细打磨那些深受喜欢的部分并最终将之落实到文字。无论怎么说，蒙施在事业上无比成功。然而，数十年来，他一直生活在担心自己会自杀的阴影之中。

自杀的历史就是这种内心担忧的历史，担心今天真的会成为自杀的好日子。在古雅典时代，自杀者只能葬于城外。同时，自杀者的手臂会被专门砍下分开掩埋，就好像它也要为此负责。在中世纪的欧洲，自杀被视作犯罪，自杀者即是罪犯。如果一旦发现有人意图自杀，他通常会被处以绞刑，尸体被悬挂示众，有时还会采用极其恐怖的方式。譬如在英国，自杀者的尸体会被悬挂在绞刑架上直至完全腐烂，或者被置于十字架上，一根木棍穿胸而过，石块压住脸部以阻止其灵魂飞天（中世纪因为宗教原因大家相信人可以死而复生）。在法国，自杀者的尸体会被沿街拖拽、焚烧。自杀的贵族成员会被剥夺爵位与财产——私有林地被砍伐殆尽，土地没收归于王室。

自杀所引发的社会恐惧在于自杀具有社会传染效应，

人们担心自杀会和瘟疫一样散播开来。这种担心其实是有道理的。举例来说，一个学校的某一个学生自杀往往会引发同伴模仿，出现学校范围内的自杀现象。在加拿大的原住民社区，自杀是年龄 44 岁以下的人的首要死因。在一个充斥着集体绝望情绪的团体或社区中，一个人自杀往往会使其他有相同想法的人感觉获得了某种许可。

丹尼尔·斯特恩在其小说《自杀学院》（*The Suicide Academy*）中写道："简而言之，自杀是每天都存在的生活问题。它持续存在，只是程度不一。我见过各式各样面对这个问题的人——失意的律师、愤世嫉俗的医生、沮丧的家庭主妇、愤怒的青少年……'他们'每个人绝望的程度不一样，但都在参与针对自己生命的一场规模宏大的共谋。自杀的含义，它真正的含义或许暂时还无法定义，但是有必要在一个极其宽泛的层面上去理解它、定义它。"

自杀含义的难以界定使得预防自杀也变得相对困难。导致自杀的因素多种多样——社会的（人与人的疏远与隔离），经济的（失业），个人的（抑郁、精神疾病、酗酒）等。自杀极其复杂，难以用"一言以蔽之"这样的表达去诠释它。名人自杀事件往往会提高人们对自杀这个问题的关注度。罗宾·威廉姆斯①的自杀引发了连续数月的讨论与分析。科特·柯本②的自杀更是成为一个标志性的事件。然而，自杀事件并不会如同其他名人问题或疾病那样引发同等规模的政治效应或筹款行为。例如，罹患帕金森综合症的加拿大裔美籍演员迈克尔·福克斯成立了同名基金会，为帕金森病的研究筹集了4.5亿美元。相比之下，18岁那年曾试图自杀的美国喜剧演员德鲁·凯里只是低调地规劝大家如果遇到问题要及时地向外求助。

尽管精神疾病的污名化现象已经有所减轻，但它依然存在。于是，如何确定谁有危险就变得困难重重。其他疾病，诸如癌症、帕金森综合征或多发性硬化症，患者通常都易于确诊。然而，有自杀倾向的人往往难以预先辨认。

全球每年有超过100万人自杀身亡。在大多数年份

---

① 罗宾·威廉姆斯（Robin Williams，1951—2014），美国知名电影演员、配音员，多项世界级电影奖项获得者。2014年在加州寓所内上吊自杀，享年63岁。

② 科特·柯本（Kurt Cobain，1967—1994），美国音乐家、摇滚巨星。1994年被发现死于西雅图的家中，年仅27岁。对他的死亡真相一直存有争议。

中，自杀人数远多于他杀或战争造成的死亡人数。与此同时，研究自杀的学者普遍认为高达60%的自杀事件并未被有效计算。2013年，美国境内正式报告的自杀人数高于因车祸、艾滋病或前列腺癌去世的人数，基本与患乳腺癌的死亡人数持平。可惜的是，迄今为止，针对自杀这一现象或问题，研究并不充足，研究资金也不到位。自杀，不是一个医疗状况，而是一个人的人生结局，最糟糕的结局。

我一直试图想象弟弟大卫踏入水中那一刻的感受，想要体会他当时承载的负荷。或许，那一刻，他心中的痛苦犹如跌落山谷的瀑布，轰鸣声下已不再有理性思考的可能。自杀，不论如何精心设计过，都是某一个时刻的冲动行为。有人会一连数月计划自己如何纵身一跳，比如去准备跳桥的地方让自己熟悉环境，会爬上围栏感受四周。即使如此，等到了最后一秒，他仍然需要做出一个决定：跳下去。

在最后千钧一发之际，究竟发生了什么？学界也在关注这个问题。哈密尔顿的麦克马斯特大学有一项研究计划，取名“继续生活的理由”（“The Reasons to Go on Living”），正是以“那一刻”为研究对象。他们专门制作了一个网站，让那些曾经尝试自杀或者有仔细考虑过自杀的人匿名分享自己的故事。他们中有人跳了下去却活了下来，有人因误算了安眠药的剂量而醒了过来。总之，他们都曾真真切切地感受过那一刻。他们希望通过自己的分享可以对读到的人有所帮助。网站上有句老话：自杀，用一个长期的方法解决了一个短期的问题。

网站上还写着："我们的工作……意在了解人们自杀未遂后的思想改变。一直以来，人们对于尝试过、经历过死亡，继而选择继续生活的人的心路历程知之甚少。这一领域的研究更是凤毛麟角。我们相信，如若我们对于一个人重获'生的力量'有更好的理解与认识，我们或许可以更有效地帮助那些一心想要结束自己生命的人，尤其是在他们实施计划之前。"

这项研究计划是由在哈密尔顿圣约瑟夫医疗中心的精神疾病急诊服务部门工作的詹妮弗·布拉施博士发起的。我开车前往哈密尔顿专门采访她。对话开始前，我坐在医院的候诊室里，观察着在座的每一位病人。一位 30 多岁、文身粗糙的女人给我瘾君子的感觉，她看上去焦躁不安，好像整个人就要从自己的皮肤里冲出去。另一个女人走了进来，坐在了她旁边。后面又进来了一位。三个人看上去都不大好惹。转眼间，她们突然熟络了起来，说起各自服用过的抗抑郁药物，开始讨论哪种有效、哪种无效，还有哪种的效果是让人大吃一惊的。

“那个药对我完全没用。”她们中的一位说。

“没用？”

“我把‘清洁先生’放进了我老公的咖啡。”

“我打赌他肯定立马就‘头脑清醒’。”

“哈哈哈哈哈哈。”

三个人又聊了一会儿生活中的趣事便分开去见医生，我也起身去见布拉施。我问起她开展这项研究计划的初衷，她说自己通常都会被急诊室的同事叫去开导一些自杀未遂的人。“等我见到他们的时候，他们往往人已经在急诊室待了好几个小时了。”布拉施说，“他们经常会看着我，对我说：‘我之前脑子里在想什么呢？我怎么能这么做？我没有顾及妻子的感受，没有想到孩子，没有想到工作，没有建完正在建设的小木屋。’总之，说什么的都有。所以，从他们实施自杀那一刻起，到被抢救，再到看见我，这中间一定发生了些什么。我自然也会询问对方：‘具体发生了什么？是什么变得不一样？’很多时候，语言都难以描述他们从求死到重生所经历的一些改变或转变。但是，可以确定的是，这中间一定有一些质的改变。”

人们在这个研究计划网站上分享的故事或令人伤感，或令人振奋，或让人欣慰，或让人心惊胆战。有一位绝望的妈妈，在孩子被社会服务机构从身边带走后决定从六楼阳台跳下去。她写道：“就在最后那一刻，我挂在阳台的栏杆上，突然意识到我并不想死，可是一切都太晚了。我瞬间就跌落在了停车场的人行道上。”她活了下来，却伤势严重。

另外一位妈妈驾着车加速向立交桥的桥墩撞去，然而，在最后一刻她想到了孩子，于是一个猛刹车停了下来。

有位女士发文说自己第一次尝试自杀时才10岁，当时没有成功。长大结婚后因为做飞行员的丈夫驾驶战机在二战中身亡而年纪轻轻成了寡妇。后来，她再婚产子，却饱受产后抑郁症的折磨。于是，她第二次尝试自杀，曾设想从川流不息的高速公路上方的人行天桥上跳下去。可是，她又觉得不幸被她撞上的车主一定会吓得不轻。于是，她选择随身带着药片，想在新一轮抑郁症发作时直接过量服用一命呜呼。如今她生养了6个孩子，熬过了所有的自杀冲动，并在参加一个康复团体时发现练习瑜伽对她很有帮助。

“现在，我85岁了。因为不想成为孩子们的负担，我一直都有自杀的念头。可以说，我的一生幸福、漫长，家庭美满，婚姻幸福。我也为以往自杀的失败而感到幸运！”

她说自己“一生幸福、漫长”，可是她却依然想要亲手结束它。她的讲述不总是合乎逻辑，自杀也毫无道理。她想过、尝试过，自杀就像一位隐形密友始终在她左右。

我问布拉施：“你期待的收获是什么呢？”她说：“和一开始相比，我已经没有太多的期望了。”

我能明白布拉施最初的期望，也能明白她现在的失望。一方面，这项研究计划回避了以往自杀研究遇到的最大难题，即研究对象的业已作古。另一方面，它所关注的这样一批曾经身临深渊却又后退一步活了下来的人，究竟在生死之际看到了什么？这个问题的答案其实极其个人化。他们的经历也许会让后来者重新思考自己的决定，但更多展现的是生而为人的困境。一位自杀幸存者这样写道：“你活了下来，然而人生虚空的呼喊声从未远去，你只是学会了不再回应。”

大卫，因为酒精与安眠药的双重作用，丧失了最后一刻放弃的机会。在那一刻，他或许已不能辨认什么是后退，一如被退潮的大海紧紧包围困守的黑色潮汐，再也没有了挣脱的能力。

一些更具“科学手段”的研究也开始关注自杀现象。2011 年，纽约州精神病研究所首席神经科学家约翰·曼开始对 412 名抑郁症患者进行基因检测，他们中有 154 人曾试图自杀。这项研究发现，一种名为 RGS2 的基因变异体在自杀者身上更频繁地出现，这为自杀具有基因遗传风险的论调提供了支持。著名作家欧内斯特·海明威本人及其父亲、一个弟弟、一个妹妹和一个孙女均自杀而亡。如果基因测序有助于发现有自杀倾向的人，那么这为尽早采取预防措施提供了可能。

2017 年，匹兹堡卡内基梅隆大学的研究人员将科学研究自杀的方法又向前推进了一步。他们研发了一套可以识别自杀念头的大脑扫描系统。科学家运用机器学习的算法和大脑成像技术检查了 34 位受试者，其中一半为已知有自杀倾向的人。34 位参加测试的人员拿到 3 张清单，每一张清单上列有 10 个单词。第一张清单上的词语均与死亡有关，如死亡、致命等；第二张清单上皆是积极的词语，如表扬、无忧无虑等；第三张上都是消极的词语，如无聊、麻烦等。在每一个人读出词语的同时，研究团队扫描他们的大脑形成磁共振成像（Magnetic Resonance Imaging，MRI），根据算法对扫描结果进行了分析比较，最后确定出有自杀倾向的组别，准确率高达91%。

这是一个令人振奋的消息。然而，面对人类复杂的大脑，科学方法不能被过高估计。人们曾对电休克疗法（也译作电惊厥疗法）寄予厚望，也曾对各种药物在治疗从抑郁症到精神分裂症的各种精神类疾病上的作用满怀期待。然而，尽管药物和电休克疗法有一定成效，但的确也造成了不小的伤害，这些“神奇的子弹”往往忽略了社会与人为因素。一旦我们确定了有自杀倾向的人，接下来究竟要怎么做？如果预测科学得以推广，被广泛运用，那么对父母而言，一旦自己的孩子被确认有自杀倾向，他们在得到帮助的同时也陷入了深深的担忧。他们要做的与身为父母一直在做的并无差别，即竭尽所能地帮助自己的孩子，并学习与这股黑暗的力量共同生活。

我经常看见一位老奶奶在多伦多皇后大街上走来走去，自说自话，她身体弯曲，上半身几乎与双腿呈九十度，也总是穿一身黑，或者根本就是一套衣服。很好奇她是如何生活的。我曾经在一家高档鞋店遇到她，当时她歪着脑袋看着周围的世界，喃喃自语。没有人敢上前接近她，大家心中既有怜悯也有惧怕。面对她这个独特的生命个体，我们又能做些什么呢？

她看上去70多岁，尽管生活困苦，却依然顽强地活着。你能感受到她挪动脚步往前走的每一步都很辛苦，在她身上有一种原始的生命力支撑着她继续前进。

我相信在我们每一个人的内心深处，我们都想活着。我们全身数以百万计的细胞为了我们的生存在随时随地地自我牺牲，它们用自己的死亡支撑我们继续活下去。当细胞自身对身体产生威胁时，他们会杀死自己。那些与病毒作战的细胞更是拼尽全力，淋巴细胞在杀死外来入侵的病毒之后也会死亡。对人体来说，它们英勇无比，然而一旦任务完成，危险不再，它们又全被舍弃。

有时候，即使我们的大脑另有他图，我们的身体依然会坚持战斗，确保我们能继续活着。当一位患有厌食症的女性处于饿死的边缘时，她的身体会消耗存储的脂肪，并通过生长毛发以阻止身体能量的消散。所以，在生物学层面上，我们一直都在渴望活着。

自杀是与人类生物本能进行的一场征战。身体一再地表明自己的立场，不论它正身处何种悲惨的境地——贫穷、疾病、缺陷、虐待等——它都想要继续活着。然而，有时候，大脑礼节性地冲着身体点了点头，转身便扣响了扳机。

第十章 死亡诗社

大卫去世数年后，在一个沉闷的春天的早晨，我收到了两封邮件。一封是公共图书馆通知我早先预定的《人为什么会自杀》(*Why People Die by Suicide*) 这本书到了。另一封邮件来自认识多年的朋友，诗人默多克。住在海边的默多克在邮件中说自己刚从之前的一次自杀未遂中康复。在潮湿寒冷的一月份，他迎着一辆十八轮的大货车走了上去，整个人被撞后多处受伤，锁骨断裂，却奇迹般活了下来。说起来，我们也已经有十多年没见了。

认识他时我还是一名 12 年级①的学生。那一年，我开学几周后才随父母从温尼伯搬到卡尔加里，进校那天，他正好退学。记得午饭时学校里的很多学生都去对面的一家便利餐厅吃饭，其中也包括因为初来乍到而浑身不自在的我。一个留着金色长发、双眉紧蹙的男孩走了进

① 12 年级相当于中国的高三。欧美采用将小学、初中和高中连通起来的计算方法，即从学前班到高三为 0—12 年级。

来，看上去就像是刚刚从电影《野兽家园》[1] 里走出来的一只怪物，他冲着店里所有的学生大喊道："我才刚刚离开这座监狱！如果你们有脑子，也应该立马拍屁股走人！"说完，他摔门而去，大家接着吃午餐。几个月后，我们俩因为一个朋友介绍才真正互相认识。他说："我是个诗人。"在这个石油小镇他的自我介绍听上去独树一帜。

我的新学校位于卡尔加里西郊，每天上学都会途经他家（一座孤零零的房子"站立"在一小片土地上，好像随时会被这个迅速扩张的城市吞没）。父亲当时正在设计我们位于乡下的新家，所以全家人暂时住在一栋很大但毫无特色的新房里，四周全是空旷的田野和饲养马匹的围栏。默多克家也养牛、马、鸡，他的家，用他自己的话说，是一家子喝粥的乡下人和 11 个孩子造成的混乱不堪。默多克的爸爸长相英俊，酷爱喝酒，总是一条裤腿扎在牛仔靴内，一条裤腿露在外面。他是那种好像拥有三头六臂的爸爸，从驯马、开拖拉机到建房子无所不能。

---

① 2009 年上映的电影《野兽家园》（*Where the Wild Things Are*）改编自美国插画作家莫里斯 · 桑达克（Maurice Sendak）1963 年出版的同名儿童绘本，讲述了小男孩马克斯 · 莱克兹（Max Records）在神秘岛遇到毛茸茸大怪物的故事。

在一个气温降至零下40℃的严酷寒冬，默多克家自行仓促加建的部分房屋因为煤渣砖砌就的地基出现裂缝而断裂了，好几个孩子居住的那间卧室就这样和房屋主体分离。默多克的父亲就像站在船头的亚哈船长①一样，仰天长叹："上帝呀，为什么要这样惩罚我？"他将房屋重新加固修补一新，同以往经历的各种艰难险阻一样，默多克一家又一次安然度过。只是后来，默多克的爸爸失明了。

大学毕业后，我混迹于当地文艺界。默多克此时已出版了一本诗集。他仰慕垮掉的一代②，将艾伦·金斯堡和威廉·柏洛兹的作品介绍到卡尔加里。他酷爱社交，喜欢诗人必然要为自己的艺术受苦的浪漫主义论调。他崇拜狄兰·托马斯，却对对方的传奇一生所具有的警示作用并不在意。他喜欢逛二手店，会买很多套深色的窄领紧身西服。此外他烟不离手，点着、熄灭、再点着，他

---

① 亚哈船长是美国作家赫尔曼·梅尔维尔（Herman Melville，1819—1891）于1851发表的长篇小说《白鲸》中的主人公。故事讲述了一位名叫亚哈的捕鲸船船长带领全体船员追捕一条名叫莫比·迪克的大白鲸的历险过程。

② 垮掉的一代（Beat Generation）是指第二次世界大战后在美国开启文学运动的作家们，他们在20世纪50年代发表了大量作品，拒绝当时流行话语的价值观，反主流文化，进行精神探索。

一边挥舞着手中的香烟一边抱怨当地小市民或者斥责摇滚乐走错了方向。在他身上，你能看到反文化潮流阵营中那拨人身上最美好的一面——笃信未来，友爱他人。尽管他那爱尔兰人的暴脾气偶尔还是收不住，但他还是坚持在同质化的社会氛围中只做自己。在我看来默多克是我认识的人当中笃信20世纪60年代文化理念的一位。

我没有他身上的那份自信。我热爱音乐，也相信性解放，不论你怎么称呼它——自由的爱或者其他听上去并不怎么高大上的名字。但我从来都不会以此涉险。吸食毒品曾让我双眼发红，还导致我极度嗜睡。抽完最后一截，我什么也不想做，哪儿也不想去，就想躺在别人家的长毛地毯上，戴着重10磅①的耳机听《管钟》②。有个女人曾经说我散发着一股“资产阶级”情调，要知道在那个年代这个词带有一种侮辱人的贬义色彩。当然，她说的多半也是真的。

我喜欢读书，一心想要从事写作，默多克也是。我们俩之间也因此多了一份连接。他相信人生经历的超验性，

---

① 10磅约等于4.5千克。

② 《管钟》（*Tubular Bells*）是英国作曲家、新世纪音乐家、电子音乐大师麦克·戈登·欧菲尔德（Mike Oldfield，1953— ）于1973年发布的首张专辑，该专辑以多音轨录制了多种器乐演奏的作品。

引用英国诗人威廉·布莱克[①]的话说："超验之路通往智慧之宫。"他不是第一个按字面意思解读这句话的人，在日常生活中他抽烟、喝酒、写诗、耍脾气，有着一股浑然天成的个人魅力，总能和别人打成一片。

后来，一帮朋友组建乐队，默多克也参与其中成为一名鼓手。他之前并没有打鼓经验，也缺乏天赋。有时顺路去他家，就会看到他把自己关在一间小屋里努力练习。这个世界上，怕是没有几件事会和一个人练习打鼓那样，看上去充满了愤怒。默多克一看就像是混乐队的样子：一颗刺猬头、一张街头凯尔特人的冷峻脸，再将自己的诗变成歌，彻底融化女人的心。他和其他乐队成员在车库排练、喝酒，到处表演。然而和大多数乐队的命运一样，默多克参加的乐队也是昙花一现。

1981年，我搬去了加拿大东部，和默多克见面的机会越来越少。偶尔他也会来多伦多，就住在我家。我曾经去多伦多的很多地方参加他的诗歌朗诵会，默多克的文学触角与敏感度真心让我羡慕。那会儿，我刚在几本小杂志上发表了点东西。但大多数时候，都不得不面对

① 威廉·布莱克（William Blake，1757—1827），英国诗人、画家，浪漫主义代表人物之一。

众多大杂志社退稿的现实。我当时主要为一家出版商卖书，每天开着一辆公司的棕色轿车进进出出。在诗歌朗诵会上，一众诗人都和默多克一样穿着乌黑的牛仔裤和夹克衫，我坐在他们中间看上去就像是默多克的假释官一样。朗诵结束后，总有一些穿机车夹克衫的酷女孩围在默多克身边说她们也写诗，希望他有机会能读一读。接着，他们便一起出门离开了会场。

那段日子，城里流传着各种消息。一会儿说大卫·伯恩①会来参加一个仓库派对；或者在罗斯戴尔大厦会有父母出门在外，大家可以任意玩乐的派对；又或者你在某个地下酒吧会遇见正在喝酒的丹·艾克罗伊德②。我们在城里四处闲逛寻求刺激，日程排得满满当当，比如先去参加一个诗人的屋顶派对，接着听一场双耳要被炸掉的朋克乐队现场演出，再一头扎进皇后大街的酒吧畅饮啤酒，心里暗自琢磨那个有文身的女侍应生到底有没有男朋友。

那是一个人人关注艺术发展且预算充足的年代，默多

① 大卫·伯恩（David Byrne，1952—　），苏格兰裔美籍歌手、词曲作家。

② 丹·艾克罗伊德（Dan Aykroyd，1952—　），加拿大裔美籍演员、剧作家和音乐家。

克有一年飞到多伦多担任一档艺术类电视节目的专题讨论嘉宾。那一期的讨论主题是伦纳德·科恩。节目录制结束后，制作方给了一盘录像带，我们带回宾馆播放，默多克在镜头前的感觉非常好。我望着他看着电视中的自己，这应该是他人生的高光时刻——一个长相英俊、身材苗条、酷爱喝酒又有知名度的男人，往返大城市参加各类节目，入住高档宾馆，并有专人接待。

第二天下午伊始，默多克建议一起去喝一杯。他调侃说："不喝没事，万一喝起来，我可停不下来。"对他而言，喝酒的确是个大麻烦。年轻时无所谓，偶尔饮酒过度还给人一种精力旺盛的感觉。可是，到了一定的年龄，比如三十出头，喝酒过量只会让人觉得酗酒无度。在他人眼中，你会显得灰色沉闷，甚至难以接受，随之而来的代价也清晰明了。譬如默多克，他身边从来都不缺漂亮女孩，可如今，因为他饮酒无度，她们对他的爱与耐心似乎被消磨殆尽，他的生活状态盘旋向下，几近崩溃的他第一次尝试自杀。令人感到庆幸的是，他不小心滑了一下没有形成致命伤。

在这件事之后，戏剧界的朋友为默多克举行了一次捐款，筹集了数千加元，这应该是他当时见过的最大一笔钱。大家最初的想法是希望这笔钱能帮助他彻底戒酒重新开始，然而，事与愿违，他非但没能戒酒，反而越发依赖酒精。一个冬日的夜晚，一位朋友因为汽车无法打火敲响了他的家门寻求帮助。默多克打开门，朋友说："不好意思把你吵醒了，能不能帮忙叫辆出租车？"他来了一句："我看你就是个出租车！"接着一拳打在对方脸上，砰的一声关了门！默多克酒越喝越多，诗越写越少。他还曾在一个城市的绿化部门工作过一阵。有一次在一个派对上大家相聚，他大声说："这个国家最优秀的诗人之一天天忙着种植草皮，就没人介意，没人当回事？"

默多克 40 多岁的时候再次尝试自杀，结果再次获救。中毒和宿醉一场后醒了过来。

他参加过匿名戒酒互助会，但他告诉我这种形式对他没用。他对别人的故事不感兴趣，也不相信有所谓更高的一种存在或者力量，再说互助会提供的咖啡还特别糟糕。于是，戒酒未果。因此默多克又专门前往不列颠哥伦比亚省的一家诊所接受戒酒治疗，结果身边全是一群骑着自行车、瘦骨嶙峋的瘾君子，依旧治疗无果。他还尝试过其他项目，最后，都彻底放弃了。他搬到温哥华岛上的一个小镇，和过去大部分的老朋友都中断了联系，其中也包括我。时光飞逝，我再次听到他的消息时，他已罹患喉癌，情况糟糕，并搬回了加拿大西部的阿尔伯塔省。当时，真正见到他的老朋友没有几个。他就是那种从你生命中悄然消失的朋友，偶尔会听闻他的一些消息，但从未直接联络，不经意间就这样从你的生命中溜走了。

所以，当我有一天突然收到他的邮件时，惊讶不已。他在邮件中附了几张照片，其中一张是一座热带海岸上田园诗般的粉红色房子。他信中说自己现在住在百慕大群岛，几乎每个岛都住过。原来，他喉癌康复之后和一个相识多年的女人坠入爱河。对方是一名律师，申请了一份百慕大王室法律顾问的职位，没想到最后拿到了。于是，他们一起搬进了海边的粉红色房子。默多克还发给我一张他在船上的照片：身穿短裤，皮肤黝黑，一头金发在阳光中闪闪发亮。眼前这一切，恍若隔世。当年生活在地下室、穿着黑色牛仔裤、打着各种零工的默多克突然过上了“赖利般的生活”①。

默多克后续的邮件里常有白鹭、日落和热带花朵的照

① “赖利般的生活”（the Life of Riley）是一个固定表达方式，表示无忧无虑、舒适愉悦的生活，最早出现于20世纪初期的美国。

片，此后好几年都是他的人生“第二幕”。中年的他成为自己年轻时最鄙夷也批判得最彻底的中产男人，我经常把他的故事讲成救赎的一课。他发邮件说，百慕大的生活一切都好，只是眼睛视力大幅下降。他觉得这是自己多年抽烟喝酒的后果，又或是父亲遗传基因的结果。另外，喉癌已让他丧失了部分舌头功能，说话困难，味觉丧失。

然而，谁也没有想到默多克看似四平八稳的人生“第二幕”会突然谢幕。他又一次酗酒，一发不可收拾，就像按了快进键直接迈入“灾难性”阶段，再也无法写作，视力差到无法看清人脸。他咆哮、吼叫，一心想要放弃自己，妻子和他都觉得他应该返回加拿大住上一段时间。当时默多克仍有家人住在卡尔加里。然而，待及他返回故乡，昔日的石油小镇早已变了模样，到处都是你争我赶的人。于是，他又回到温哥华岛，那里的医疗和康复体系他也更为熟悉。然而，他并不喜欢自己居住的小镇，觉得它一无是处，可是他又别无选择。他戒酒、复喝、再戒酒，经济上全然依赖还在百慕大工作的妻子。再后来，就有了之前的那一幕，他迎着一台十八轮的大货车走了过去。那时，因为他的再次失联，我对这次自杀毫不知情。

默多克四月发给我的这份邮件详细描述了事情的发展经过，他提到自己的视力越来越差，已经无法读书看报，连写封邮件都充满挣扎。“我现在听书、听广播，尽可能跟上时事新闻。哦，兄弟，生活好难，真的好难。”在随后的一封邮件中默多克使用了诗歌形式，或许是出于习惯，或许是因为视力下降，又或许只是电脑格式的一种异常：

不是借口，但视力确实不好
我理应和你多有联系
听到麦克①的消息时，我正在精神病房
上一次的自杀依然让我伤痕累累
我在尽自己最大的努力坚持下去
送给你
我最好的祝福。

默多克在后面一封邮件中写道：“一直觉得写作不易，如今视力恶化，整个过程就更难了。我感觉自己已经废了。”不过，他说他想要尽力地活下去。“我费了那

① 麦克指麦克·格林（Michael Green），作者和默多克共同认识的一位朋友，因车祸身亡。

么大劲儿试图一死了之，却从未如愿，真是孬透了。”

默多克在个人网站发布了一些追忆 1960 年代的怀旧文章。他感慨自己深受肯特州立大学枪击事件、海特－阿什伯里社区与格林尼治村的影响，那个杂糅着政治、时尚、音乐各种思潮的时代吸引了北美成千上万的年轻人。

“我是一个受伤的年轻人，”他写道，“我从小就一直在努力回避面对伤痕。然而，自始至终，我都拖着一条我自己都没有意识到的深深伤痕。你们一定要记得（我确信所有曾经参与过那场‘失败’革命的战友们一定会记得）我们的个人故事早已融入了那个时代政治的甚至历史的叙事之中。对我而言，过去的那些年，从 1968 年到 1973 年，我好像看到一波又一波的年轻人试图乘风破浪冲上浪头…… 我是一个受伤的年轻人，我心底温柔，一路被席卷进时代的浪潮。我们这一代人随波逐浪，或聚或散，曾经如此的美好。时至今日，过去的一切都恰似一段优美的旋律萦绕心间，我们曾经那样肆意地活着，那样肆意地活过。”

然而，他离开那段日子已经几十年了。如今，他孤苦无依。他会定期和妻子通话，此外除了治疗师，他鲜少与人联络，唯一留下的可能就是写作。“我觉得自己心中有一本书，”默多克在一封邮件中对我说，“但你也知道，即使是在纯粹玩的层面，写作都是个王八蛋！更何况，现在我又瞎又丧，还烂醉如泥，连说话都说不利索……”

默多克绝对有写一本书的所有素材，然而，他未能动笔。他蜷缩在人世的角落里偶尔在网站上发表几首诗、写点东西。

一个月后，我收到了他发给我的最后几封邮件，在我回复其中一封后又收到他的一个简短回复。大意是他要花很长时间才能读完一封邮件，所以请我尽量写得简短。他还说回头再找我。然而到了九月，一位朋友发现他已死在自己的公寓内。

我重读了一遍他发的所有邮件，并再次访问他的网站。他提及工人阶层家庭面对的生活困境：糟糕的牙齿和生活的匮乏——从金钱、教育到机会的全面匮乏。他在网页上写道：“如果你出生在工人阶层的贫寒之家，那么几乎所有的一切都在逼迫着你放弃自己仅有的那一点天赋”。

默多克看上去对自己的才华从未怀疑过，他的天赋也是他人生最重要的一根支柱。然而，他内心深处的真实想法，无人知晓。“我在学习如何面对失望”。他在自己的博客中写道，“这是我人生的一份功课”。

他学习面对自己的失望。然而失望的情绪如此巨大，强势贴近而又无从回避。他被这种失望的情绪完全裹挟，最后疾病缠身，双目近乎失明，只要有机会就把自己灌得烂醉。最后，他孤身一人在小镇上孤独地活着。

一个朋友对我说，默多克其实早死了。是呀，几十年了。他的诗作，如同这世上大部分的诗歌作品，从未被广泛认可，或许只有他自己知道它们鲜活地存在着。他在意它们，反复阅读它们。有一次，他打电话对我说，他刚刚又读了一遍自己所有的作品，感觉“刚刚从滑道上溜了一圈，浑身发热”。在我眼里他是一位极具天赋的老师，讲课富有魅力，对诗歌和文学充满热情且理解透彻，时刻能够激发别人的灵感。他有过教书的机会，但因为缺乏专业教师资格证书以及内心深处的自信，结果未能如愿。

罗宾·威廉姆斯在电影《死亡诗社》中扮演了一位英国文学老师，他告诉自己的学生要只争朝夕，不负光阴。他说：“对 17 岁的你们来说，很难想象自己终有一天会枯萎、衰败，继而死去。然而，在那一天到来之前，当你们回望过去，所有这一路的风景便是你们的人生。

你们活得丰盛吗？爱得热烈吗？你们又为这个世界留下了什么？”当威廉姆斯在自己63岁那年上吊自杀的时候，他留下了自己精彩的表演、一些透着感伤的电影和被黑暗吞噬的卓越天分。

默多克留下的则是有关我们那一代人的青春最生动的一份记忆。我们曾纵酒高歌，嘻嘻哈哈，他好像永远年轻、永远迷人。然而，当人生四十，他称自己是从艺术大战中退伍的一名头发花白的老兵。40岁对他不是另一个“30岁”，而是全新的“60岁”。“我已经明白了，”默多克在四十几岁的时候写道，“生活从来都不是一首诗。这一点，我好像明白得太晚了。生活是金钱，是你要交的税，是去看医生，是运动健身，是不要大量抽烟，是不要碰这个世界上的任何一瓶伏特加。看看现在的我，44岁的我，一张被不计其数的香烟弄得皱皱巴巴的脸，一张被全世界的伏特加弄得红里吧唧的脸。我知道，我明白，这个世界上，没有任何一首诗可以救得了我。”

2001年，得克萨斯大学奥斯汀分校的心理学教授詹姆斯·潘纳贝克运用一款软件程序对18位著名诗人的300首诗作进行了比较研究。其中，有9名诗人自杀身亡。他们当中有西尔维亚·普拉斯①、安妮·塞克斯顿②、哈特·克莱恩③和兰德尔·贾雷尔④。非自杀对照组则包括默多克的最爱劳伦斯·弗林盖蒂⑤、艾德丽安·里奇⑥和鲍里斯·帕斯捷尔纳克⑦。

潘纳贝克教授说："我们研究发现，自杀的诗人与非自杀的诗人在语言运用上非常不同。自杀的诗人基本上不使用人称代词'他'、'她'或'我们'。他们会反复使用人称代词'我'，给人一种他们无法与他人建立连接的感觉。"

默多克的诗作也大都以第一人称创作，围绕在"我"的周围。但是，潘纳贝克教授的研究重点是自杀，而非

---

① 西尔维亚·普拉斯（Sylvia Plath，1932—1963），美国自白派诗歌（Confessional Poetry）的代表人物。普拉斯备受抑郁症的折磨，多次自杀未遂，最后因一氧化碳中毒身亡，享年 31 岁。

② 安妮·塞克斯顿（Anne Sexton，1928—1974），美国诗人。与西尔维亚·普拉斯一同推动了自白派诗歌的发展。

③ 哈特·克莱恩（Hart Crane，1899—1932），美国诗人。

④ 兰德尔·贾雷尔（Randall Jarrell，1914—1965），美国诗人。虽然贾雷尔的死亡鉴定书上写的是因车祸身亡，但人们认为他是蓄意自杀。他曾经历过多次精神崩溃，也多次自杀未遂。

⑤ 劳伦斯·弗林盖蒂（Lawrence Ferlinghetti，1919—2021），美国诗人、画家和社会活动家。

⑥ 艾德丽安·里奇（Adrienne Rich，1929—2012），美国诗人、散文家和女性主义者。

⑦ 鲍里斯·帕斯捷尔纳克（Boris Pasternak，1890—1960），苏联作家，以小说《日瓦戈医生》（*Doctor Zhivago*）闻名于世。

诗人。即使我们抛开这个小小的、主观性较强的案例，还是会在脑海中留下这样一个印象：使用第一人称表明作者强调自我，很难与他人建立连接；同时，一个人过于强调自我表达往往意味着他具有相对较强的自杀倾向。潘纳贝克教授根据自己的观察提出："诗人，作为一个群体，不是这个世界上欢快的一群人。"这是一个论述，但说实话，毫无新意。

2003 年，心理学家詹姆斯·考夫曼开展的一项研究表明诗人在所有作家群体中预期寿命最短，平均年龄为 62.2 岁（默多克去世那年是 61.9 岁）。他为自己的这项研究起了一个听上去就不吉利的标题——《缪斯的代价：诗人之早逝》。考夫曼认为，诗人的早逝很可能与他们普遍具有精神疾病紧密相关。和大多数人相比，诗人要更为内省、更贫穷、更情绪化，也更脆弱。

长久以来，在我们的认知中，一个人与生俱来的某种创造力似乎与自杀有着一种密不可分的联系。事实上，这份自杀名单可以很长很长：三岛由纪夫、弗吉尼亚·伍尔夫、西尔维亚·普拉斯、黛安·阿勃丝①、马克·罗

① 黛安·阿勃丝（Diane Arbus，1923—1971），美国 20 世纪最重要的纪实摄影家之一。

斯科。瑞典卡罗林斯卡医学院针对120万人的研究数据表明男性艺术家的自杀倾向是普通人的两倍。

展现在我们面前的结论似乎是艺术家都有一种接近疯狂的特质，现代社会对他们的疯狂方式有着各式各样的解读。对此比较浪漫化的解释是，艺术向我们展示了一个原本人类无从瞥见的精彩世界，于是那些带领我们踏足其间的人不得不为此付出代价。然而，瑞典的学者却让我们看到作家与酗酒、精神疾病之间的另一种关系。他们提出了一个反向的因果关系论，即有精神疾病的人通过艺术进行自我疗愈。换言之，艺术家，最起码有一部分艺术家将艺术视作自己为自己开具的一剂药方。如果这个推论是真的，那么就有一个明显的问题，即当这剂药方不再有效时，会发生什么？譬如你创作的小说被批得体无完肤，你的画作无人欣赏，你的诗集无人问津，那么你所面临的会是什么？

与此同时，究竟什么样的人在中年之后会生活得更为幸福？是那个遇事随心所欲，小有成功却低调谦逊，错过了挣大钱的机会，后来日子过得拮据紧张的人？还是那个一辈子在邮局上班，厌恶自己的工作，却拿到一笔不错的养老金，退休之后抱着吉他去希腊过冬的人？其实，这个问题的答案完全取决于你在什么时候和谁一起聊起这个话题。艺术不是为了愤世嫉俗，但它的确更青睐年轻人。

默多克发给我的最后一封邮件以诗歌的形式结尾。

重读一遍，让我觉得很搞笑

希望你明白我的东一榔头，西一棒槌

还希望我没有让你觉得你好像必须要为我做些什么

…………

我的这些文字

没有这样的意思

我的确觉得自己应该为他做些什么，尽管我最终什么也没做。在默多克身亡前，我曾和我们俩共同的一位朋友探讨过我们能够为他做些什么。可是，默多克生活在数千公里之外，我们两个人也被各自的财务和职业状况压得喘不过气来，每天的生活被孩子、工作和各种安排占满。如何帮助一个有酗酒问题的盲人？即使接他到家，我们能照顾好他吗？他的生活质量呢？我们的呢？所有这些问题就像是不断被叩问的哲学命题，最后，我们什么也没做。默多克出事后，我心中的负罪感沉重不已。

我重读默多克的诗作，突然觉得有一些就像是他事先写好的遗书。28 岁那年，默多克在一首诗中写道：“让我们一起见证我的消亡。”他还写道：“这就是一个实验，像所有我并不感到害怕的科学家一样。跟着我，看看艺术和科学的代价。看尼古丁留下的烟渍，看空置的酒杯。来，一起仔细观察我不断进化的发际线和牙床。来，一起记录丧失的记忆力和下降的想象力。哦，还有我不停颤抖的双手。”

生命的黑洞在我们很多人的一生中都隐约可见。我们这一生都做了些什么？当你列出的清单看上去并不那么令人愉快时，问题来了：还有什么是接下来要做的？人生还有什么可能性？答案往往并不令人振奋。默多克什么也写不了了，更不用谈他的小说梦。他生活中所有细小的乐趣都消失了，视力不断下降，看似永恒的暮色瞬间就被漆黑的夜晚替代了。

如果我知道自己将要双目失明，我会做什么呢？这些年，我的双眼在变好的同时也在变坏。原本的近视让远视改善了，现在，我在地下室看电视再也不需要戴眼镜了。可是，早上读报的时候，我却完全不能聚焦，眼前模糊一片。有时候 10 分钟过去了，我才能看清报纸上的比赛分数。我已经不看任何体育比赛了，但打开报纸还是会条件反射般直接翻到体育版。

失明应该是致命的打击，但是我的孩子需要我（或多或少）。事实上，无论怎样，我也需要他们。没有家庭这根定海神针，谁知道一切又会怎么样？我开始设想当初没有组建家庭的样子，这个想象让我不寒而栗，我立马打住了。

我飞往卡尔加里参加默多克的葬礼。那是十月异常温暖的一天，大家一起来到他的墓地，而那天也正好是他的62岁生日。西边的钦诺克拱状云①一线排开向东推挤，气势磅礴。默多克最小的弟弟也在。他简直就是另一个默多克，看着他，突然会有一种诡异的感觉。他穿着黑色的衬衫，黑色的西装外套，蓝色牛仔裤和一双黑色的靴子（这双靴子原本就是默多克的）站在那儿抽着烟，恍然给人一种默多克自己前来参加自己葬礼的错觉。

第二天晚上，默多克的生平展在剧院举行。有人写道："默多克是另类舞台表演艺术的创始人之一……对很多人来说，他的才华如此珍贵又令人难忘。"当时这些感言还未曾受到葬礼后流言的冲击。

---

① 钦诺克拱状云，由钦诺克风形成的一种气势磅礴的云层现象。钦诺克风是加拿大落基山脉独特的气候现象。

默多克生前的158张照片开始在一张大屏幕上按时间顺序缓缓播放，与此同时还有他诵读自己诗作的声音，我们最先看到的是一个20世纪50年代普通的学校男孩。记得他对我说过，小时候他偶尔会和爸爸一起在夜里骑着马穿过卡尔加里的西部山麓，如今这里满是楼盘、商场和汽车经销店，但在默多克小时候，这里还是一片起伏不平的广阔原野，浓密的松树林和美丽的村庄点缀其间。他们或许就曾在这里观赏过最美的日落，太阳落于山后的余晖照亮了西边天空那一抹抹色彩艳丽的云霞，当时他一定感觉棒极了。

大屏幕上的照片从天使般的学生模样过渡到不苟言笑的青春少年，其后是一副嬉皮士打扮的15岁的默多克，而后是一个风华正茂的翩翩男子、冉冉升起的一位诗人，最后出现的是一个神情严肃、饱经沧桑的60岁男人。默多克年轻时的照片最迷人，我甚至觉得在这些照片里看到了年轻时的自己。你看他，烟不离手，或微笑或挑衅或沉思，全然一副诗人的模样。他面朝未来，无比自信，和无数年轻的生命一样，想象着日后属于自己的伟大。

第十一章

自杀学

全球每年召开数十个有关自杀的会议。它们通常由某个全国性的协会或组织筹办，一期一个明确的主题，例如“精神健康与人的应变能力”、“悄然蔓延的大流行”或“消除壁垒与搭建虹桥”等。在这些会议上，研究自杀的学者及其他支持团队举行公开的演讲或讲座。我决定去参加在尼亚加拉大瀑布附近举办的一场会议，一是因为它的确离家很近，二是因为会议邀请的主讲人是著名的自杀学专家戴维·莱斯特。莱斯特教授著作颇丰，迄今为止已经出版了99本著作，发表了2550篇文章。他在业界备受推崇，被人们称为“自杀学先生”。

“自杀学”这个词最早由温·史尼德曼提出，他因此被称为第一代的“自杀学先生”。史尼德曼认为自杀源于心理伤痛，他简称之为“心理痛”。而其他与之相关的因素，诸如沮丧、羞耻、无望、债务、遗传等会导致一个人面对无法承受的绝望。史尼德曼喜欢说的一句话是：

“没有人不得不自杀，因为死亡是所有人的终点。”

现代“自杀学”在1949年诞生于西洛杉矶退伍军人管理局的神经精神病医院，当时，史尼德曼在这家医院担任临床心理学家。有一次，他接到任务给两位自杀的退伍军人的遗孀写两封慰问信。就在他前往验尸官处提取这两位退伍军人的资料时，无意中在一个保险柜里发现了721份自杀笔记。他觉得这些记录会是非常有价值的研究资料，于是在未经许可的情况下将它们全数带回。不过，据史尼德曼所说，这并不是让他致力于自杀学研究的决定性时刻，那个关键的时刻出现在几分钟之后——当他突然“灵光一闪，觉得如果并不是自己简单地阅读它们，而是在一个可控的双盲试验当中，将这些真正自杀者的笔记与一些随意选取的非自杀者的模拟留言进行比较研究，那么这些自杀者的遗世笔记所具有的巨大的潜在价值将会被大大发掘”。他说：“我找到了一条研究自杀的黄金之路。”

自此之后，有300多项研究以这些自杀笔记为研究对象展开探讨，而它们得出的结论却各式各样，有的甚至自相矛盾。实施自杀的人并不总会对自己为什么如此选择坦诚以告，而他们的自杀笔记也并非总会探讨人生形而上学的某种理念或者写下某种诗意的人生结论。事实上，令人惊讶的是，大部分的自杀笔记写得非常的具体翔实，比如“不要忘记喂我的狗狗”。

1955年，史尼德曼在洛杉矶创建了“自杀预防中心”，这一举动在当时并未引发广泛关注。传媒界对“自杀”事件的报道不仅少之又少且常常将之污名化。1962年，“自杀预防中心”因被当地验尸官邀请参与鉴别著名女星玛丽莲·梦露是否属于自杀而拥有了一些知名度。史尼德曼对这位深陷困境的女明星进行了他提倡的“心理解剖”并得出了属于自杀的结论。这是一个引人注目的开始，但似乎也是一个失败的开始。在接下来的几十年中，随着神经科学的不断进步和制药业的蓬勃发展，史尼德曼倡导的心理学研究方法逐渐被抛弃，整个机构在获得资金支持方面困难重重。那是一个相信“神奇子弹”——特效药的时代，人们梦想着科学发展能够锁定导致自杀的神经病学原理，制药公司继而研发出可以阻止自杀的有效药物。制药公司的确在一定程度上研发并生产了一系列的抗抑郁药物，然而，是史尼德曼将“自杀”这一现象从人们视而不见的阴影中拖将出来摊在了阳光下，使“自杀”得以被认真对待，充分研究。

尼亚加拉大瀑布就好像一块吸引自杀者的大磁盘，每年都会有20到40人从这里一跃而下。如此宽泛的数字统计是因为人们无法完全确定落水者属于“自杀”还是意外跌落，抑或是极限运动者的一次失败冒险。

我参加的这次会议的主题是“走出黑暗”。在酒店大厅办理完入住手续，我便直接去了酒店的宴会厅，因为戴维·莱斯特即将在这里发表演讲。宴会厅里聚集了数百人，有社会工作者、自杀幸存者、心理学家、精神病学家和社会学家。

一开始，莱斯特的一位同事发表了冗长的介绍性致辞。最后，他终于说出一句“有请自杀学先生”，继而大手一挥邀请莱斯特上台。莱斯特接过麦克风，第一句话是：“人为什么会自杀？我们真的不知道。”

这个开场白令人耳目一新。莱斯特很有学者气质，他身穿斜纹软呢外套，留着精心修剪过的胡须，有着一口淡淡的英国口音。他说自己对定量研究，对建立模型、分析型态不感兴趣，他更倾向于定性研究。莱斯特从自杀者的亲人处募集对方留下的笔记、日志，并一一研读。他的同事还开发了一款软件程序，就是詹姆斯·潘纳贝克用于分析自杀诗人诗作的软件程序的进阶版本。他们运用软件浏览自杀者的遗世留言并找出其中让人感觉压抑、病态的表达。莱斯特说，大多数情况下，当一个自杀者越是接近实施自杀的日子，他行文中所流露出的“悲观情绪”反而越少，甚至是消失不见。从自杀者留下的文字来看，在下定决心一死了之之前，文字表达往往是灰色的。然而，一旦下定决心，行文语气会立马变得明亮起来。

莱斯特接着以亚瑟·英曼为例进行论述。英曼是位诗人，他离群索居，事业坎坷，于 1962 年自杀身亡。英曼留下了 1700 万字的日记，成为有史以来最长的英文日记之一。1986 年，这些日记分两卷正式出版，并被改编为戏剧《暗箱》（*Camera Obscura*）和歌剧《英曼的日记》（*The Inman Diaries*）。英曼早年继承了一大笔遗产，所以不需要工作谋生。他终其一生都很少离开自己的寓所，相反，他将外面的“世界”邀请进来。他在报纸上刊登广告，以 1 美元为酬劳，邀请别人来家中给他讲他们的人生故事。他一生听了 1000 多个人的故事，其中有水手、妓女、女演员、职业拳击手和出租车司机等，他与他们中的一些人还成了朋友。这就是英曼一生全部的社交生活。最后，当故事结束，英曼选择了开枪自杀。

莱斯特在演讲快结束时，反问道："我们能从中学到什么呢？事实上，我没有结论，我没有看到一个清晰的结尾。或许根本没有任何特别的事情发生，可能是遇到了压死骆驼的最后一根稻草，而我们将所有的关注点都放在了这最后一根稻草上，觉得应该由它全权负责。"说实话，这是我听过的有关"自杀"最明智的一段话。

我参会的那几天，听了好多不同的讲座，有关于媒体如何报道自杀的（并不总是轻描淡写）、公共自杀政策（往往资金不足）以及新的预防措施等。会议结束后，我给莱斯特教授发了一封邮件，询问是否可以采访他。我在信中提及我是因为弟弟大卫的自杀开始关注这个话题。他回复说："我不觉得你会想和我聊天。我已经 72 岁了，满脑子都是胡思乱想的东西。很遗憾你的弟弟因为自杀离开了人世，但我不是传统意义上你认为的研究自杀的学者，我的一些，怎么讲，奇怪的看法可能会让活着的人不开心，甚至是会给他们添堵。"

我告诉他自己没有那么玻璃心，来来回回好几封邮件之后，他终于同意接受电话采访。我在约定的时间拨通了电话，好奇地问他怎么会如此高产，给人一种痴迷于此的感觉。他说："没错，我对'自杀'绝对称得上是痴迷。”

莱斯特告诉我自杀率与生活质量指标密切相关。人们常常以为生活艰难会导致自杀率上升，其实不然。自杀率上升的时期往往是生活状况看上去还不错的时候。莱斯特说：“你可能会觉得生活顺遂自杀率下降，生活艰难自杀率上升。然而，现实可能恰恰相反。当一切顺遂时，一个人便再也没有借口将问题归咎于外在因素，只能回溯自身，由此觉得出问题的一定是自己。”

1990年代，爱尔兰的自杀人数突然激增。当时，“凯尔特之虎”① 一路狂奔，整个国家过去沉睡低迷的经济突然间蓬勃发展。在从传统社会向现代社会过程的转型中，爱尔兰人固有的价值观念分崩离析，而新的价值理念尚未建立。在经济主宰一切的世界，有人成功，有人失败。我想如果用文学的笔触描述那一段历史，一定充满人世的残酷与悲凉。因而，所谓“美好的时代”并非一个人人皆可共享发展红利的时代。

不过，在1970年代因为石油经济而蓬勃发展的卡尔加里情况并不一样，在长达十年的石油经济繁荣期，卡

---

① “凯尔特之虎”（Celtic Tiger）是外界对爱尔兰1995—2007年经济飞速增长时期的形容，2008年全球金融危机后遭遇戏剧性逆转。这种形容区域经济迅猛发展的类似表达有“亚洲四小龙”等。

尔加里的自杀率一直很低。1982 年随着整个城市经济崩溃，自杀预防中心的求助热线共接到了 5444 个电话，是上一年高峰数值（2262）的两倍多。

这就是研究自杀现象不得不面对的困难之一：鲜少有“放之四海而皆准”的真理。促使某一个个体选择自杀的境遇可能在另外一个个体身上产生完全相反的效果。就弟弟大卫而言，在外人眼中他的生活正在逐步好转，然而，他却选择了自杀。

莱斯特有关“美好时代”的论点实际得到了统计数据的支持。2010 年，《科学美国人》刊登的一篇文章指出：“大多数自杀者实际上过着比平均水平更好的生活。富裕国家的自杀率远高于非富裕国家的自杀率。在美国，生活质量更高的州，个人自由更充分的社区，天气更好的地区却有着相对较高的自杀率。在季节变化明显的地区，温暖季节的自杀率更高。在大学生当中，那些成绩优良，父母期望值较高的孩子的自杀率更高。”相比于生活境遇，自杀与生活期望更有关系。

莱斯特曾经每十年发布一份自杀研究纪要汇编。然而，随着数字时代的到来，他便停止了这项工作。他说：“现在网上什么都有，你可以检索到成千上万的论文。研究人员只盯着最新的工作，很少有人返回头去看，很多工作其实都是不断地重复。因为不了解过去的研究成果，所以不停地炒冷饭。如今，相关研究逐步增加，数据和统计分析也做得越来越好。”但是，研究人员关注的领域并未得到扩展。

我问莱斯特，退休之后是否还会接着做研究。他说：“我不想再吃冷饭了。我所有的书都已送人。我要把这一篇翻过去，彻底地抛诸脑后。”

多希望我也能如此潇洒，轻声说句“再见”！然而，大卫的离去为我打开了一扇门，让我听到了无数人一直在悄悄进行的对话，哪怕是他们的自说自话。莱斯特发表了多篇有关艺术家与自杀的学术论文，其中一篇的题目是《解析自杀的诗人和小说家》。他在这篇文章中写道：“对艾奥瓦大学作家讲习班的 30 名成员的研究表明，他们当中 80%的人患有‘情感障碍’，30%的人滥用酒精，2 名授课老师自杀身亡。”

莱斯特在一项针对 13 位自杀作家的研究中发现，其中 12 位不是患有抑郁症就是有酗酒问题，而剩下的 1 位患有精神分裂症。在另外一项针对来自英国、俄国、日本和美国的作家的研究中，莱斯特发现他们的自杀率都很高，这说明自杀具有跨越文化差异的职业共性。

不可否认，作家的生存境遇正日益变得困难。过去几十年，我一直在给杂志社和报社撰稿。然而，随着数字媒体的兴起，传统纸媒的生存空间越来越小。过去 25 年间，传统媒体的占比几乎毫无变化，图书业也少有喘息的机会。我的一位同行，一位屡获殊荣的小说家不得不在五十多岁时去竞聘自行车快递员，却未被录取。他说他很清楚自己的作品也只有在自己这里还保存着一份鲜活的气息，如果有一天他走了，作品也就不在了。他差点就走了，在一次自杀后被及时送医救回。康复之后，他说抑郁症就像是“一个陌生国度，一个没有阳光、只有敌人的地方”。一位曾经入围“曼氏布克奖”① 的朋友告诉我他正在考虑成为一名 Uber② 车主。出版业形势动荡，年轻一代在社交媒体中长大。我的书商跟不同的客户讲“文学已死”，事实上持这种论调的大有人在，她最近将自己的工作形容为危机热线管理员外加传统书商。

多少代人一直在预言小说的消亡，它却一直磕磕绊绊

---

① “曼氏布克奖”（Man Booker Prize）现名“布克奖”，2002 年至 2019 年间以赞助商曼氏集团命名，故名“曼氏布克奖”。每年颁发给年度最佳英文原创小说。

② Uber，中文译名“优步”，总部位于美国旧金山，发展比较成功的呼叫类出租车服务公司。

地走到了今天。我们总在抱怨，总在怀念那个也许出现过、也许从未存在过的所谓黄金时代。然而时至今日，它的确遭遇了更为严峻的挑战，有一种处于“生死存亡”关头的紧迫感。只以写小说为生的人日益困窘，当然，人们也拥有了更多的选择，比如网上发表或是自费出版。但是，作家在整体上缺乏资源。一位正在推销某部小说的书商同我的一位朋友讲，这部小说她自己都可以写。是呀，写作，正在成为人人皆可一试的一项爱好。

距我家两个街区远的地方有一家二手书店，老板是个隐居避世的男人。他穿着一条膝盖以下被剪掉的裤子，看上去就像是现代版鲁滨孙。这家店从来不正式对外营业。店里的书大都是从垃圾箱里捡回来的。有一次路过，我看到店主坐在一张小桌前，喝着一大杯饮料，地上满是快餐食品的包装盒。本想推门进去，但发现门是上锁的。

已经有四百多人从我家附近的一座桥上跳桥而亡，这座建于1918年的布鲁尔高架桥似乎很快就要成为一个全球知名的自杀地点。从我家门口穿过一个漂亮的公园会看到很多被大量用作抵押的联排别墅，沿着这其中的街道走路十分钟左右就到了布鲁尔高架桥。我们这一区居住着很多作家。也许自杀统计数据与作家统计数据出现某种呼应只是一个时间问题。

作家 H. S. 巴布拉住在离我两个街区的地方。就在这个城市为整座大桥加置预防自杀的钢制防护网前，他成为最后一批跳桥自杀者中的一位。在 45 岁生日的前一周，他从桥上跳了下去，坠落在下方 55 米处的河湾混凝土隔离带。他走后，新闻报道的标题是《失败作家自杀身亡》。失败？如何定义“失败”？

巴布拉的第一本小说《手势》（*Gestures*）一经问世就斩获相关奖项，只是接下来的发展不尽如人意。他一直在写作一部四卷巨制，无奈却被封锁。破产之后，他和一位他欠对方 25000 加元的女士住在了一起，房子里还住着他们俩共同的一位朋友——物理学家艾伦·兰德尔。2000 年 5 月 31 日，艾伦去搭地铁的路上看见巴布拉站在公共图书馆外面抽烟，事后，他才知道巴布拉那天正在写数十封的自杀遗言。他们偶遇时，巴布拉只是中途出来稍做休息，遗言当中有一封就是留给他的。当时他们两两相望，挥手致意。

巴布拉写完信后（每一封的开头都是“当你读到这封信的时候，我已经……”）便一一邮寄。某天清晨，他走到桥边，爬上宽阔的石围栏，望着眼前的景色——初升的太阳照射在交通信号灯上，山谷青翠，静谧无声。或许在他之前，数百双眼睛也曾如此注视过眼前的一切。接着，他跳了下去。

我前去看望和巴布拉一起居住的那个女人——韦·德莱森。她依然住在附近，只不过嫁给了当年一起的室友艾伦。他们坐在我对面的沙发上，聊起巴布拉的故事。在巴布拉留给韦的信中，他坦承道："并没有什么鸿篇巨制，我从来没能动笔。"巴布拉曾经对一位朋友讲过，他觉得《手势》没有得到应有的好评。当然，大多数的文人都自视甚高。巴布拉自制了两份有史以来最出色的100部小说清单，一份仅限英文作品，另一份则是全球的。在这张英文清单上，他将《手势》排在《第二十二条军规》（*Catch*-22）[①] 之后，名列第二。在他的全球列表上，《手势》排位稍后，排第八位。

你可以说他妄自尊大，然而成千上万的艺术家与巴布拉的精神状态又有什么不同？当我在写一本书的时候，我也想象着它会流芳百世，一旦上市便横扫千军万马。

---

① 《第二十二条军规》是美国作家约瑟夫·海勒（Joseph Heller, 1923—1999）1961年发表的长篇小说。

还没写完？又或还没动笔？哦，没关系，丝毫不影响它在我想象中应有的伟大。只要开始创作，我整个人就停留在这些宏伟美丽的奇思妙想之上。与此同时，又不得不面对游移不定的自我怀疑（是不是写得毫无生气？作品有生命力吗?)。在我的大脑中，两股截然不同的认知与评价彼此纠缠，互相撕咬。“妄自尊大”与“妄自菲薄”说的不仅是我笔下的文字，我的创作，还有我自己，我这个人。美国著名作家斯科特·菲茨杰拉德①曾经说过，检验一个人是不是有一颗绝世聪明的脑袋，就要看他是否能同时掌控两股截然相反的力量，在矛盾对立中让一切正常运转。大多数的人，尤其是大多数的作家，在心中一直都有两个截然相反的自己：一个根植于现实或者被现实捆绑的自己，一个天马行空、任意遨游的自己。或许恰因如此，我们才运转着。如若只有苍茫的现实，我们可能早已身心俱废。

艾伦对我说：“巴布拉没能成为自己 20 多岁时想象中的样子。等到 44 岁时，他深知已无机会。”

每个人都对未来的自己充满想象，有的不甚清晰，有

① 斯科特·菲茨杰拉德（Scott Fitzgerald，1896—1940），美国小说家，其最著名的小说为《了不起的盖茨比》。被认为是美国 20 世纪最伟大的小说家之一。

的精心规划。我想没有一个高中毕业生愿意想象自己的未来会生活窘迫，无人疼爱，长途通勤，终日奔波；也没有哪一位作家会设想自己会被生活逼至墙角无人问津。然而，每一次微不足道的失败——恶意的评论，不温不火的销售，为数不多的喝彩，都会在他人已然成功的对比之下，被无限放大。哦，天啊！那个谁，他怎么会得到布克奖?！我们就这样一步一步地跌进了中年的泥潭。作家查尔斯·布考斯基①发现大多数作家的职业生涯在25岁那年便结束了，他写道："我们是从未如愿绽放的朵朵玫瑰，我们是未曾来得及光芒万丈便被等待耗尽的一缕阳光。"

在留给德莱森的遗言中，巴布拉这样写道："或许只有魔法才能拯救我，但我早已不再期待它。"事实上我们多少人都在指望着这样或那样的神奇魔法，不论是来自宗教、艺术还是自己的奇思妙想。它们带给我们安慰，有时也赋予我们意义。一旦它们让我们失望，我们便会丧失信念，再也无法继续维持现有的生活。

写作，从来都不是一个稳妥的谋生方式。如今，在写

① 查尔斯·布考斯基（Charles Bukowski，1920—1994），德裔美籍诗人、小说家。

作的同时你不得不从事其他稳定的工作以维持生计，没有什么是一劳永逸的，没有什么是永远安全的。在2008年到2009年的金融危机中，婴儿潮一代人不得不面对资产缩水、退休存款减少的巨大打击。在年龄介于50至64岁的人当中，27%的人不得不接受薪资下调的现实。这一比例远高于其他的年龄组别。朱莉·菲利普斯在最初的自杀研究结束后，紧接着就新近婴儿潮一代人自杀率上升的原因进行了探讨。她想要分析归纳这一代人自杀的原因，是出于个人的（比如精神健康问题），人际关系的（比如离婚），还是外在境遇的（比如经济状况）？最后发现外在境遇的变化这一因素显然呈现出不断上涨的趋势。

类比不同的社会群体，白人中年男性的自杀率最高。在美国，唯一在数值上与之接近的是美洲原住民①。之前研究的结论是白人男子抗挫折能力差，生活适应能力不足。而美洲原住民几代人生活穷苦，遭受着种族主义的迫害和史无前例的资源剥夺。尽管这两个群体看上去经济鸿沟巨大，历史境遇也毫无共通之处，但是白人男性正在遭受着另外一种意义上的生存剥夺。他们都在面对

---

① 美洲原住民（Native Americans），最早的习惯译名为美洲印第安人。因为“印第安人”的称呼有误，现多译为美洲原住民。

一种人生希望的丧失与梦想的匮乏。美洲原住民担心情况不会再有好转，白人中年男性则害怕事情越来越糟。当我回望弟弟大卫，回望我认识的那些自杀的朋友，我知道他们感觉自己被剥夺一切，再也无法在这个世界上寻找到一个属于自己的位置，哪怕是一个想象中的位置。

第十二章

离家万里

大卫去世近十年后，我回到卡尔加里帮爸妈搬进他们新买的一套小公寓。那天，钦诺克拱状云横切西边的天空，带来加拿大一月难得的温暖天气，竟有人穿着长袖衬衫在室外活动。我和父亲拿着购物清单，开车去家得宝购买新家需要的框架钩、灯泡、L形支架。爸爸的日常生活因记忆力衰退有了诸多不便。提起这一点，他言语间尽是失望，就像是在感慨自己原本给予很高期望的一个孩子。

坐在车里，爸爸突然转头问我："你弟弟选择那么做，到底是为什么呢？"

多年过去，这个问题他从未放下。说实话，我也没有答案。这些年，我一直努力想要理清那些交错复杂的故事。

"爸爸，我不知道。失去了安娜·梅，他不快乐。有很多事，他都不快乐。"我说吸毒也是其中一个原因。还有，“中年”的不期而至，开始变老就像是一个忽然来到门外的入侵者。大卫可能（或多或少）觉得自己的人生孤立无援。爸爸点了点头。其实，对于逻辑思维一贯缜密的爸爸来说，这样的答案似是而非，含糊不清。

“我们什么时候发觉的呢？”爸爸问。

“我们一直都不知道。”是呀，我们从来都不知道大卫早已站在了悬崖边。他离我们如此遥远。其实，即使是那些每日和他朝夕相处的朋友也都没有察觉。

“我翻看家里的老照片，”爸爸说，“大卫拍照从来都不笑，从小就是。”

“你觉得他一直——有些阴郁？”

“也许吧。也许他心里一直有些什么。”

这就是爸爸逻辑推导的思维方式。对一个大学微积分课程得满分的人来说，因果必然要环环相扣，明确清晰。

我们在家得宝逛了很久。爷爷以前开过一家五金店，所以爸爸一直特别喜欢这些地方。他热衷于摆弄各种钉子、工具、绳索等实用的小玩意，会觉得店里摆放的强力胶布和木螺丝钉有助于提高日常生活的整洁性。我们在一排排货架前转来转去，刚刚询问的那名店员看上去比爸爸小不了几岁，给人一种饱受酒精折磨的感觉。也许，这份工作也是他的生活新起点。

尽管爸爸的记忆力开始衰退，但是一旦回忆起童年往事，他又记忆犹新，如数家珍。从店里出来回家的路上，爸爸讲起自己最早有关“死亡”的一段记忆。1934 年，当时 4 岁的他不幸患上了双肺肺炎。“你奶奶是名护士，”爸爸说，“我当时面无血色，高烧不退。她大概知道怎么回事。但是那个时候，弗朗西斯堡和对岸的美国明尼苏达州国际瀑布城都没有医院。她觉得我情况危殆，便给当时镇上唯一的一位出租车司机打了电话，告诉对方要去德卢斯。天啊，那可是在距弗朗西斯堡 160 英里①的美国明尼苏达州德卢斯。那一天还大雪纷飞，司机也不知道具体的开车路线，就凭感觉一路往南开，最后莫名其妙还真到了德卢斯，找到了医院。你奶奶觉得这一切都是因为上帝眷顾。后来，病愈回家，我记得我当时坐在床上，因为生病体重大减，妈妈和格拉迪斯姨妈‘居高临下’地看着我，姨妈说：‘哟，可怜的小家伙，怎么瘦得像是刚拔完毛的小鸡仔。’”

爸爸出生长大的弗朗西斯堡是一座纸浆小镇，街头巷尾总是弥漫着一股从造纸厂传出来的腐烂味道。这股味

① 160 英里约等于 257.5 公里。

道一路飘散，一直飘到对面美国明尼苏达州的国际瀑布城。小镇生活艰苦，但是看上去家家户户整齐划一、井然有序，会让人想起在詹姆斯·史都华①主演的电影中时常出现的那种一排排纯白色木栅栏般的恬静美好。爸爸兄弟三人都在那里出生长大，后来纷纷离开小镇去美国读书。我看过他们1940年代拍摄的家庭录影带和一些照片，始终觉得他们的童年美得就像一出童话。

尽管爸爸兄弟三人全都离开了故乡，但他们记忆中的小镇充满欢声笑语。他们会乐此不疲地讲起童年趣事，聊起当地响当当的“人物”和他们的各式绰号，像是“红色老树皮”、“霍普丘克蛇”和“牛皮大王卡乌利亚”。弗朗西斯堡塑造了他们。

爸爸至今都和自己的发小有联络，和两个兄弟的关系也一直很好。他们三人的兄弟情就像是美国西部电视连续剧《伯南扎的牛仔》中演绎的那样，常有争执却又亲密无比。结婚时，三个人互为对方的伴郎，再后来，又一个不落地全部晋升为教授。爸爸和他的兄弟唐还偶尔会被人误认为对方。我有时会想，爸爸看到我和弟弟大

① 詹姆斯·史都华（James Stewart，1908—1997），美国好莱坞著名演员。荧幕上的他几乎是美国典型中产阶级形象的代表。

卫没能建立起或者说传承一份亲密的兄弟情，心中会不会有遗憾？是呀，我和弟弟从来都不是“哈迪男孩”[1]。一想到这里，我就心怀愧疚，总觉得是自己的错。

每一代人的家庭生活模式都不相同，回望这种历史变迁犹如观看一个不停旋转的万花筒。19世纪平均9个孩子的大家庭早已被21世纪大部分独生子女的小家庭所替代。过去三代人不得不面朝黄土背朝天的生活在一夕之间就被改变，新的世代早已告别了广袤无垠的乡间田野。世界风云变幻，我们唯有不断适应。我们全家人带着失去大卫的痛苦重新生活，犹如一位退役的老兵不得不正视自己残缺的身体。

第二天，我和父母开车去度假胜地班夫吃午饭。我们就餐的餐厅对面恰好是大卫随之前的乐队演出过的一家酒吧。太阳一出来，四周连绵的雪山顿时被点亮了。回程路上，我们专门去了一趟卡尔加里城西爸爸设计的那栋房子。

房子四周的景色依旧壮观，方圆320英亩[2]的土地上

---

① “哈迪男孩”（The Hardy Boys）指最早由美国作家爱德华·斯特拉特迈耶创造的虚构人物弗兰克·哈迪（Frank Hardy）和乔·哈迪（Joe Hardy）。后来的“哈迪男孩”系列图书由不同作家联合创作，故事多围绕着两个青少年的探险破案展开。

② 320英亩约等于130公顷。

一共只有15户人家。所有的房子都沿着一条名为“水牛跳”的山脊而建。过去，这里曾是当地原住民“凯奈第一族”用来猎杀大批野牛的地方。西边的落基山脉清晰可见，山上白雪连成的一条锯齿状白线一路向南延伸。望过去，雪山给人一种近在眼前的错觉。我们停在屋前长长的车道上，谁也没有下车。

爸妈在这里住了近30年，后来因为通勤实在太过麻烦才搬进了卡尔加里市区。我在这里真正居住的时间并不长，但它在我心里依然是最像家的一个地方。我喜欢这里或许也是因为它四周的景色，天空高远，群山隐没。原来的1号高速公路的路峰就在这栋房子东面，所以当你行驶在高处，山谷的景色尽收眼底，看着群山闪耀向西绵延。继而下行，眼前倏忽之间豁然开朗，五脏六腑也跟着自由落体。妹妹不大愿意回到这里，因为这里承载着她太多的回忆与思念，每次她都会泪流满面。

买下这栋房子的新主人搭建了一个露台，上面摆放着十几个鸟屋和一些小小的纪念碑，这让父亲原本古朴清新的美学设计变得有些杂乱无章。周围七零八落的东西让人感觉好像一次不大成功的庭院旧货出售活动刚刚结束。

上大学前的那个暑假，我也曾为这栋房子的建设添砖加瓦。当时负责施工的是一个脸色阴郁、酷爱喝酒的丹麦人。他很少说话，一边抽着手卷烟，一边挥动着锤子闷头干活。因为整栋房子建造在陡峭的山坡上，靠近树林的一侧基本悬空，所以他隔三岔五都会念叨说这栋房子有安全隐患，可能会沿着山坡直接滑进下面的小溪。其实，他也清楚这栋房子就是我爸爸设计的。他每次午饭都要喝伏特加，给人一种从勃鲁盖尔①的画中走出来的即视感。

建筑工队里有一位名叫保罗的当地人，他告诉我，他在 20 岁出头的时候曾经遭过一次雷击。没想到就在那年夏天，他竟会再次被击。当时，我们正在坐落在山脊上朝西的另一栋房子的第二层铺胶合板地板。只看到 40 英里外的乌云向前翻滚，转眼间黑云压境，电闪雷鸣，我们纷纷下楼寻求庇护。只有保罗不为所动，他说：

“这点儿雨能有什么事？”

“你这个傻家伙，闪电可不是闹着玩的。”工程领队说，“你赶快从上面下来。”

---

① 勃鲁盖尔是指画家彼得·勃鲁盖尔（Pieter Brueghel，约 1525—1569），画作以描绘乡间农民生活为主。

保罗没有听劝。一个闪电击中了房子，保罗跌倒在地不省人事，嘴里的假牙掉落在毛坯房的地板上叮咚作响。我至今都记得自己看到一个年轻人竟然戴了一副假牙的诧异感。他渐渐恢复，两周后重返工地。他想要拿自己竟两次被雷电击中开个玩笑，给自己起个诨名，却始终也没找到一个合适的。

这栋房子在最终完工后成了当地一个有名的社交中心——我们家经常好多客人。爸爸系里的教职工聚会就曾在我们家举行。一位来自布鲁克林的教授从客厅的落地大窗望出去，看见不远处的森林里有只山猫，他说："快看，那里有一头狮子！"大卫的乐队也经常在家里排练，因为其他成员的爸爸妈妈不允许他们在家里排练。他们在室内玩音乐，也在我和爸爸修建的桑拿室里蒸桑拿。

我们花了50加元从隔壁农场给妹妹买了一匹脾气倔强的小马，她骑着它往南走在千年前冰川世纪形成的腹地上。后来，我开始上大学，弟弟大卫去了我之前就读的那所高中。很多人因为石油热离开故土迁居卡尔加里，一心期待在这个西部城市开始新的生活。然而，他们的孩子在学校洗手间吸毒，或者在物理课前抽香烟，以为这样会有助于他们了解这个世界。大卫就走在这个"探索时代”的最前沿。

大卫经常争辩说抽大麻绝对比喝酒危害小，说自己吸大麻没有伤害到任何人，还说在历史上至少有那么一段时间北美差不多有一半的人都在抽大麻。面对他“理由充足”的各式言论，爸爸妈妈疲于应对，流露出一种几近接纳的态度。这是一个自由至上的家庭。再说，父亲的学生也有人吸食大麻，说不定他自己也曾在环境设计系举办的某个山中静修会上尝试过。有一次他回来还专门和我解释过“螳螂夹”① 的工作原理。然而，大卫在一次和一名卧底警察进行1磅②大麻的交易时当场被抓，这件事让全家人对大卫吸食大麻睁一只眼闭一只眼的暧昧态度彻底终结。在一位出色且昂贵的律师的辩护下大卫顺利获释，这让全家人松了一口气。自此以后，一项原本无关他人的“消遣”便蒙上了一层无从消磨的“犯罪”阴影。无论是从法律层面，还是从为人父母的角度，大卫玩乐队偶尔吸两口和他参与大麻交易显然有着本质的区别。爸妈就这样猝不及防地看到了弟弟大卫那不为他们所熟知的另一面，在这栋房子之外的另一种生活。

---

① “螳螂夹”是一种吸烟工具，可以理解为“吸烟滤嘴”或者“烟头夹”。

② 1磅约等于0.45千克。

我们家的狗狗“奶油”是一只拉布拉多犬与牧羊犬的混合品种，它就曾试图在这栋房子附近自杀。以前只要有人出门散步，它一定会跟着去。有一年冬天，爸爸带着它去“跳浪溪”。当时溪水冻结，它在冰面上跳来跳去，结果摔倒之后掉入水中，爸爸赶紧将它拽了出来，结果它关节发炎不能走路，爸爸只好背着它走了好长一段路才回到家。它的身体在接下来的几周里变得越来越僵硬，行动越来越受限。直到有一天，它一瘸一拐地走进屋后的森林，在雪地里给自己刨出了一个位置，躺了进去准备迎接死亡。我们沿着雪地上留下的脚印找到了它并把它带回了家。我们担心它在还活着的时候因为过于虚弱而无力对抗喜鹊或土狼的袭击。几天后，“奶油”又一次“离家出走”。它好像知道自己的时间到了。我们再次将它从森林带回家中。最后，我们一起去了城里的宠物店，以安乐死的方式让它永远地睡着了。几十年后，我和妹妹还是会时不时地梦到它。

我曾经帮工的一栋房屋属于一名画家。他 74 岁那年“突然”去世，听说，也是自杀。他是一位非常有才华的艺术家，爸妈家里就有他的一幅画，一幅我个人很喜欢的风景画。看着它，你能感受到一股情绪流动其中。一天前，我把它重新挂在了爸爸妈妈的新公寓里。

迄今为止，我们全家曾经住过的房子——从怀尔德伍德公园区最早的那栋简朴的房子到那栋占地面积庞大的房子，再到最后这一栋占地数百英亩的房子——都呈现出一种数学对称的美感。后来，我们兄妹三人长大成人，离开家开始独立生活。随着爸妈年事渐高，他们的住房面积逐渐缩小。如今，他们再一次从城里相对较大的那套公寓搬进了这个小得多的新公寓。这几乎是父母这一辈人最常见的居住曲线，卡尔加里城西的这栋房子是这条曲线上的顶点。

那天晚餐时，我们谈论起大卫。妈妈说大卫失踪不见的那年十二月，她觉得自己听到他的声音，我们当时一直希望大卫会在圣诞节期间与我们联络。妈妈说她当时躺在床上，在似醒非醒的某一刻清楚地听到大卫说："我不会回来了。"妈妈十分确定地说那种感觉绝非在做梦。

"我知道他已经不在了。"妈妈说。

妈妈觉得大卫不想过所谓"正常"的生活：一份平淡无趣的工作，一个并不那么爱的妻子，和千千万万他认识或不认识的人一样打发白日无聊的时光。他一直努力想要摆脱这份"常规"。可是，突然之间，按部就班的生活就成了他未来生活的全部。

第二天，我们一起整理搬家的箱子。分类 CD 时，看到一张大卫早期乐队的作品上刻着 1978。那一年，大卫的乐队生活刚刚开始。我们将这张 CD 放入播放机，传来他们演奏的蓝草音乐。专辑里有一首对里奇·尼尔森的作品《你好，玛丽·露》的翻唱和几首大卫作曲的器乐作品。整张专辑的声音已经有了一些磨损，但整体的音乐风格爽朗清脆，我能从中识别出大卫弹奏班卓琴或钢琴的部分。在两首歌之间，我们还听到他说话的声音和特有的笑声。这一刻，大卫似乎就在我们的身边。这种感觉既让人心生安慰，又不安难过。我能想象他录音间隙的样子——抽着大麻，喝着啤酒，和朋友们谈笑风生。每一刻都是如此鲜活，空气中弥漫着一切皆有可能的随性气息。

“听到他笑，真好。”妈妈说。

第二天晚上，我和一群城里的老朋友共进晚餐。我们大都曾混迹在文艺界，早年间对一切都想要占有的状态早已不再，就连对性解放的执着也已消散。他们都是我爱的人，其中有人曾是我的恋人。如今，我们都找到了那个可以一起宅居在家的另一半。过往的爱恨纠缠、出轨与背叛俱已往事如烟。尽管我们早已拥有了各自不同的人生，但是那些绵延柔长的美好岁月让我们这么多年相见一如怀念，彼此永远是朋友，这就是艺术的力量。说到回忆，每个人都成了艺术家。

我们在一种完全不同的情景下聊起了自杀。有朋友提起父母的晚年生活质量特别差，有一种一心等死却又迟迟等不到的痛苦。于是，我们聊起究竟要怎么安排自己的后半生。大家都同意说如果有一天我们只能苟活于世，生活的质量完全不能保证，我们可以选择结束它。一位朋友说他的爸爸曾经目睹他的爷爷因为老年痴呆症和求死不得而遭受的痛苦，所以对他说："不要担心我。到时候，给我来一瓶杜松子酒和一瓶安眠药，完事。"他的爸爸真的在一个自己觉得合适的时间拿着这两样东西准备悄然离世。结果，事与愿违。一天晚上，他拿着装有杜松子酒的背包回到家，一不小心跌倒在地，被摔碎的酒瓶弄伤了。朋友的爸爸出院后搬进了一个有辅助设施的居所。可是紧接着他的老年痴呆症就爆发了。他忘记自己酷爱喝酒，却记得自己最喜欢由"必富达"牌杜松子酒加两个橄榄调制的马提尼。每次去餐厅，他都会点一杯，却总是忘记喝，他原本想要在痛苦来临之前提早离世的计划就此搁浅。这就是人生的难题。当神志清醒，有能力选择安乐死的时候，你也许还想继续活着，还想珍惜眼前的时光，还想再喝一杯。然而，你可能有一天突然间就丧失了自己做任何决定的能力。

那么，我们要指定谁帮我们做这一切呢？人至晚年，自己究竟要走多远？为我们自己？为我们爱的人？我们是否要和人生伴侣一起离世？一位朋友说他给自己设定的判定标准是自己是否可以一个人去上厕所。也许，我们每个人的内心都有一个这样的临界点，当我们再也看不见，再也无法思考，再也不能自由行动，再也体会不到一杯美酒的滋味……

我们当中年龄最小的坦妮娅说："放心，到时我照顾你，给你一段最快乐的时光，然后嘣的一声，结束了。"

坦妮娅的提议很有趣，在座的男士们七嘴八舌地问道："最快乐的时光？你是想说到时候和我们相爱吗？"

"哈哈，当然不是。如果你们到时真有需求，我倒是可以找人分包出去。"

"所以，你只是负责给我们来一枪，'嘣的一声'让我们当场毙命。"

"问题是你怎么知道我们大限已到？是看着我们连续

两天忘了带钥匙还是说你预测到我们再也好不起来了？”

坦妮娅耸了耸肩，说：“时间到了，我自会知道。”

古希腊哲学家柏拉图认为自杀是个错误，因为自杀是人自己将灵魂从肉体中释放了出来。问题是，在柏拉图看来，人的灵魂是众神放置于人的肉体当中，也就是说，从肉体中释放灵魂乃是众神的权力。然而，柏拉图又说在一些极端情况下，众神也不得不同意一个人这样做，譬如“他面对无从摆脱的个人不幸”。

我们当中又有谁经历过无从摆脱的个人不幸呢？“不幸”的概念如此宽泛。然而，我们那些随心所欲的计划即使注定失败也和“不幸”没有什么关系，因为我们知道自己终将迈过那些低潮和失败。但是，如果一个人面对的是无法逆转的疾病打击又或某种彻底无能为力的状况，他知道自己无从挣脱也看不到任何可以改变的希望，“不幸”便赤裸裸地出现在了眼前。

阿图·葛文德①在自己的著作《最好的告别》（*Being Mortal*）中写道：“身体衰退，犹如悄无声息不断攀爬的蔓藤，日复一日却让人觉察不到。身体不断地适应调整，

---

① 阿图·葛文德（Atul Gawande，1965— ），印裔美籍外科医生和杂志撰稿人，以优化现代医疗保健体系闻名，并出版了很多有关生命、死亡、医学等主题的有影响力的著作。

直至有一日你突然发现身体的状态再也回不去了。”葛文德谈论的是衰老，但他的观察亦适用于中年的大卫。他有自己的住房、朋友和一份音乐之外的好工作，也正在开启自己全新的生活，可他觉得自己正在被逼入墙角。他可以选择离婚、借贷、求助治疗师，但是一如他的一位朋友所说，他不是那种轻易张口求助的人。大卫没能看到自己的未来，在他眼中，一切灰暗无助，无从改变。

大卫之前的乐队队友皮特对我说：“有一件事，我特别确信，大卫特别害怕老去。”皮特已经和病魔抗争许久，他说：“说实话，我无法想象大卫会忍受任何一种我经历过的病痛。变老，不容易。大卫从来都不喜欢做任何‘不容易’的事情。”

音乐对大卫来说很容易，甚至可以说太容易了。尽管那时候我们的钢琴老师特别严厉，大卫也几乎没有一天练琴好几个小时，但他就是可以弹得那么好。他可以很快上手一件新乐器，摆弄几下就能解锁其中奥秘——班卓琴、吉他、曼陀林、口琴，甚至是不大常见的扬琴。埃米尔·左拉[①]说：“艺术家不能没有天分，有天分也不能

① 埃米尔·左拉（Émile Zola，1840—1902），19 世纪法国作家，自然主义的代表人物。

没有努力。”

一年前，我曾飞回卡尔加里参加因心脏病突发而意外去世的朋友理查德的葬礼。他是一位作曲家和剧院音效设计师，我们俩一般大，出生时间仅差几个小时。所以，每年过生日都会彼此发邮件表示祝贺，顺便聊一聊各自的生活近况。57 岁生日那年，他在信中写道：“我必须戒烟了！”59 岁那年，他说：“生活真是妙极了！”当时，他刚刚和自己的长期伴侣——一位墨西哥的女演员在墨西哥城正式登记结婚。他在邮件里发给我好几张两个人手牵手，背对自家泳池，一起跌入水中的欢乐照片。理查德有一些牙齿和后背疼痛的健康小问题，但他已经好多年没有看过医生了，也在准备做一次结肠镜检查。然而，就在 60 岁生日几周后的一天，他突然感到胸口剧烈疼痛，当时立马拨打了急救电话 911，结果就在接线途中发病跌倒。因为他使用的是家中固定电话，急救人员很快就锁定了地址，马上赶到了现场。医生和急救人员连续数小时奋力抢救，可惜最终还是无力回天，理查德的脉搏停止了跳动，永远地离开了。

我飞回卡尔加里和一帮老朋友互相安慰。理查德的家人、亲戚和朋友一起数百人齐聚在他曾经工作过的市中心的一家剧院。悼念仪式结束后，我和一位有十多年没见面的朋友一起开车去理查德出事的房子参加守夜活动。夜幕低垂，我们在昏暗的夜光里缓慢前行，他和我讲起了自己之前患抑郁症的经历。他说那种感觉不是某一件具体的事，比如婚姻、金钱或者工作引发的沮丧与失落，而是一种被黑暗吞噬，被一团初生的云层牢牢包裹的感觉。他曾关上车库大门，坐进汽车，试图自杀。当他被发现时整个人已经处于半昏迷的状态，被紧急送医。如今，他已康复，开了一家公司，一切都还运转得不错。

守夜的晚上，我们都喝了酒，也都哭了。我们的眼泪既是为了理查德也似乎是为了我们自己。我和理查德曾同时爱上一个女人，有意思的是，我们俩并没有因为这件事情闹僵，反而走得更近了。不过，我们离那个情敌反目的“合理”结局也不过几步之遥。25 岁生日那年，他送给我一瓶苏格兰威士忌，还在包装酒瓶的彩带上挂了一个耳环。打算先一起喝酒，然后给我打个耳洞。理查德自己就有不少耳环。我们俩喝光了威士忌，但我的耳朵“幸免于难”。因为我还是无法接受自己打耳洞、戴耳环。

我在爸妈新公寓的沙发上睡得很不踏实，总是断断续续做一些奇怪恐怖的梦。早上五点刚过，天色刚刚发白，我就醒了。怀念大卫的纪念册放在咖啡桌上，妈妈专门放在那里想让我看一看，这是我第一次打开它。我拿起纪念册，翻到大卫站在欧哈拉湖的阿伯特山口的最高点上拍摄的那张照片。他戴着太阳镜，抽着大麻，戏谑地拿着一小面英国国旗，一副模仿埃德蒙·希拉里①攀登上珠穆朗玛峰的样子。那是 1974 年，大卫当时还留着一头披肩长发。在工作的那家旅店，他的绰号是“公主”。他的一位朋友曾经这样写道：“大卫是一个活在当下的人。”纪念册中印着美国著名诗人沃尔特·惠特曼的诗作《当紫丁香最后一次在庭前绽放》。尽管惠特曼 1865 年创作的这首诗是对美国总统亚伯拉罕·林肯②的动人挽歌，但是它却意外地诉说出了大卫的境遇：“我忙着逃向那隐藏却又接受一切的无言黑夜，来到了水岸边。”

我打开手提电脑在“谷歌地球”中输入了大卫在白马城的老地址，那栋房子瞬间出现在了屏幕上。那是一张夏天的照片，四周绿意盎然，白云在蓝天上任意铺展。

---

① 埃德蒙·希拉里（Edmund Hillary，1919—2008），新西兰登山家和探险家，记录中最早成功登上珠穆朗玛峰峰顶的人之一。

② 亚伯拉罕·林肯（Abraham Lincoln，1809—1865），美国第 16 任总统，在位时间 1861—1865 年。

我点击了一下房子前面的那条路，街景在电脑屏幕上断断续续地出现了。切换到卫星图像模式，逐渐缩小画面，一开始还能看见那栋房子的屋顶，很快就成了一个小点，一个从太空往下看的黑白网格，一个抽象的存在。这时他的家离马歇尔湖桥不过几英寸远。

晚上，我搭机返回多伦多。在飞机上看了部没有意思的电影，用一次性塑料杯喝了点红酒。我看电影的品位简直随着每一寸上升的高度而稳步下降，在飞机上，我总会高兴地看完那些平日里我在电视上根本不会看的影片，更别说在电影院了。轰鸣的爆炸，甜到发腻的爱情桥段，喜剧演员杰里·刘易斯表现出哲学家克尔凯郭尔①模样的搞笑片。敬请保留你观看艺术电影的品位，但在这高空之上，凡尘之上，我需要这些完全不用动脑的轻松时刻。

---

① 克尔凯郭尔是指索伦·克尔凯郭尔（Søren Kierkegaard，1813—1855），丹麦神学家、哲学家和作家，被认为是20世纪存在主义哲学的先驱。

第十三章

还是那首歌

小时候，一进入十月便飘起雪来。我们害怕临近万圣节的天气会更糟糕，担心自己不得不将节日盛装掩藏在厚厚的冬衣之下。每到一月，广播电台就时不时地说我们这里比火星还要冷。我和弟弟大卫出门堆雪堡，完工时的样子总让人想起大萧条时期给失业人口仓促搭建的房屋。堆雪堡这件事最好玩的就是堆的过程，一旦完工，蜷缩其中只会越来越冷。无聊，更会随时降临。

无聊是大卫小时候最大的敌人。无事可做！无聊，不知道要在家里或者车内做点什么。大卫每次在家里烦躁不安的时候，爸妈都会让我们俩出门到房前屋后玩一玩。我和他到处晃来晃去，寻找“冒险”的机会。记得我们俩经常去怀尔德伍德俱乐部的大门口，偷偷地把摆放在瓦楞纸板上的字母重新排列组合。譬如，纸板上明明公告大家“女子羽毛球俱乐部五点举行鸡尾酒会”。我们俩就会拿掉其中一些字母，将公告变成“坏女人五点见”。

通常都是大卫负责望风，我快速动脑，摆弄字母，以求达到“最恶劣”的效果。哇哦，紧张刺激，我们俩急速飙升的肾上腺素哟！

学校生活也很无聊，我们不得不应对背不完的诗歌、排满的课表和年纪又大又苛刻的老师。大卫低我3级，可想而知，等到那些老师给他上课——天啊！又老了3岁，苛刻程度直进3级。我和大卫以前每个周日还要一起上主日学，按章节背诵《圣经·旧约》，大声读一些听上去难以理解的段落。我们参加的是加拿大联合教会，整体氛围比较随意，没有人对教理或者教义逐字逐句地进行解释。我们主日学的老师是一个并没有一心扑在信仰上的高个男老师，他有一次在黑板上写下了当年争夺格雷杯①的两支候选主力队队名：汉密尔顿虎猫队与卑诗雄狮队。在简要介绍完两支队伍的主要优势后，他问我们：“你们觉得上帝会支持哪支队伍？”我们面面相觑，不知如何作答。看着鸦雀无声的我们，他郑重地说：“卑诗雄狮队，因为他们和我们一样来自加拿大西部这个被上帝拣选的地方。”

---

① 格雷杯（The Gray Cup）是加拿大加式橄榄球联盟冠军赛，比赛雏形可以追溯到1907年。

比起主日学，教会活动就更无聊了。我们坐在硬邦邦的座位上唱几乎没有调的赞美诗，那一分一秒都显得无比漫长和痛苦。英国玄学派诗人约翰·多恩曾经说，自杀或许是一个人终止此生疲累的一种方式，他因此得以按下快进键，提前进入来生的快乐时光。我和大卫不关心来生，教会里的其他兄弟姐妹也不在意，我们就想在此生的尘世喧嚣中一路前行。

我和大卫也曾在一位热心肠叔叔的引领下有过一些短暂的爱好，譬如集邮和摇滚乐收藏。父亲的一位同事还送给我们一套工艺繁杂、制作精良的大型火车模型，甚至可以将一种溶液倒入火车头中产生蒸汽。父亲用胶合板专门给我们搭建了一个火车运行平台，我们把它涂成了象征着森林和湖泊的绿色和蓝色。你看，这一列火车沿着长长的轨道向我们缓缓开来，它拐弯，吃力地爬上用橙色塑料支架搭建的斜坡。可惜，我们的欣喜若狂很快就再一次印证了边际效应递减法则。平稳运行的火车轻而易举地就推开了我们小心翼翼放置在轨道上的玩具士兵，所以没过多久，我们的兴致便一落千丈。和堆雪堡一样，最好玩、最有意思的永远是过程。一旦完工，乐趣就开始递减。最终，我们进入了新一轮的无聊与失落。

真是无聊死了！大家总会这么讲自己平日在办公室的工作，某一次晚宴，第一次约会或者是第一部戏剧的观看体验。精神科医生专门就“无聊”的临床诊断做出了总结：心理动力上的无聊（不知道自己想要什么），专注力不够（不能集中精力做想做的事），次优唤醒状态（你渴望得到更多的激励），生存状态（生活没有意义），解离性障碍（你感到与世隔绝）。弟弟大卫应该满足其中列举的多项特点。而我们，则可能符合其中一项，甚至更多。

音乐是治愈大卫“无聊”的一剂良方。对大卫来说，童年时期就铺天盖地的“无聊”在他长大成人后成了他这一生怎么打也没能打败的敌人。我们俩小时候在钢琴课上反复练习的音阶、曲目以及那些听上去毫不熟悉、让人烦恼的曲目根本称不上音乐，更像是数学，或者是一系列的演奏技巧。我们依葫芦画瓢做一些规定动作，打磨一件自己并不感兴趣的演奏作品。那时，对我们来说，真正的音乐来自收音机。晚上，我和大卫躺在床上，把晶体管收音机放在枕头底下，一人一只耳朵里插一个耳机，收听 CKRC 广播电台。我们俩共享的一间卧室总是对称镜像式的安排：两张床相对而放，中间是并排的两套桌椅。20世纪60年代音乐排行榜的前40首歌曲呈现出繁杂多样的音乐类型，我们俩躺在黑暗中期待着听到一些歌也害怕另一些歌。收音机里传来美国摇滚乐团门户乐队（The Doors）的《碰我》（*Touch me*），紧接着是英国歌手里皮·李的一首《小箭头》（*Little Arrows*），再来是披头士乐队的某个作品。我们还会听到一些描述个人遭遇的歌曲，像是萨米·戴维斯演唱的《糖果人》（*The Candy Man*）。

音乐有它的独特魅力。对我和弟弟大卫来说，音乐的迷人之处就在于我们俩躺在一起听披头士乐队的《便士巷》（*Penny Lane*）和《永远的草莓地》（*Strawberry Fields Forever*）。广播里传来主持人对这两首歌的背景介绍，譬如它们如何反映了保罗·麦卡特尼和约翰·列侬的成长环境。① 我们知道全城一定有成千上万个孩子正在和我们一起聆听这些歌曲，更有数百万的人在他们居住的城市收听喜欢的电台主持人播放同样的歌曲。我们是那个年

---

① 《便士巷》这首歌的标题来源于乐队成员约翰·列侬的家乡——英国利物浦的一条小巷，谱曲出自乐队成员保罗·麦卡特尼，于1967年发行。《永远的草莓地》由约翰·列侬创作，灵感来自列侬年少时在利物浦郊区一家名为“草莓地”的孤儿院的花园玩耍的回忆，于1967年发行。

代不曾有人定义过的一个庞大俱乐部的成员，我们清晰地感受到彼此的存在。音乐，不仅是连接外在世界的一条纽带，更是贯穿我们整个青春期内心世界的一条彩带。

我和大卫有时会骑车 1 英里左右到林格药店购买披头士乐队的卡片和泡泡糖。这些乐队卡片往往正面是乐队某个或几个成员的照片，背面印有“Q&A”的栏目，例如：“现在一切顺利，你还记得悲伤的感觉吗？”乐队成员乔治回答：“当我说我们时常感到悲伤，我是在为所有的男孩说话。”那个时候，朋友之间的一项压力就是你必须说出自己最喜欢的乐队成员。我有意避开保罗而选择了有点神秘的乔治。大卫则喜欢约翰。我们俩买上卡片，听 45 转的黑胶唱片①，大卫还剪了一个披头士的发型。以前每周六，我们俩都要去一所艺术学校上课。一天，一个小孩顶着一顶披头士假发走了进来，我立马意识到即使身为追星族，这个举动还是动静太大了。果不其然，当天课程还没结束，那顶假发就被扔进了学校里那个硕大的垃圾桶。它就“立”在那儿，远看上去就像是一只死去的乌鸦。

---

① 最普遍的黑胶唱片格式是 45 转唱片或者 7 英寸唱片，这两个名字分别来自唱片的播放速度和标准直径，即每分钟 45 转和 7 英寸。

每天夜里我都会守在收音机前准时收听午夜电台那幽静的前奏。猴子乐团和乌龟乐队散发的燥热骄阳已经退去，取而代之的是门户乐队主唱吉姆·莫里森的深沉嗓音。我躺在客厅的地板上，妈妈一边翻看着我有限的几张唱片一边说："这些乐队怎么就不能起个正常点的名字？你听听，他都唱破音了。"

大卫每次坐在钢琴前都能立马弹奏出电台刚刚播放过的歌曲，不论是来自滚石乐队还是动物乐团。他的音乐品味总是不拘一格。他会弹奏斯科特·乔普林创作的拉格泰姆①或是十二小节的布鲁斯，再到汤姆·威茨用他独特的嘶哑嗓音诠释的作品。我很早就毫无遗憾地放弃了钢琴学习，即使听大卫练习肖邦夜曲也没能改变这一点。可是，当大卫演奏起滚石乐队的《让我们共度良宵》(*Let's Spend the Night Together*)，熟悉又令人激动的和弦让我突然意识到钢琴所蕴含的各种可能性。当然，我又感受了一把因为缺乏音乐才华而被全线碾压的痛苦。

说到自杀，音乐人的表现不会比作家更好。悉尼大学开展的一项针对 1950—2014 年去世的 13195 名音乐人的

---

① 拉格泰姆（ragtime）也称作"抹布时间"。rag 的原义是抹布，这是一种原始的音乐风格，1897 年到 1918 年间十分流行，其主要特点是切分音。最初作为舞蹈音乐在美国有色人种社区流行。

研究发现，这些音乐人的平均寿命比普通人群的平均寿命短了整整25年，他们的自杀率是普通人群的3倍以上。

让社会学家们关注并争论的不仅仅是性、毒品和摇滚，还有戒毒失败、生活苦涩和早逝。的确，音乐人的收入往往不稳定。即使是在业界取得成功的音乐人，他们依然面对着巨大的经济压力。根据统计，具有一定声望的音乐人的平均寿命，北美为45.2岁，欧洲大陆为39.6岁。尽管研究数据翔实，但是迄今仍未得出任何确定的结论。“我们只能猜测造成这些结果的潜在原因……作为一个职业群体，流行音乐人易于受到其充满变数的工作场所的影响。同时，他们自身也具有某种内在的脆弱性。”

所谓“充满变数的工作场所”是指音乐人通常会在充斥着大量毒品和酒精的地方开展工作，他们可以轻易地接触到这些东西。“自身也具有某种内在的脆弱性”，其实很难界定。就大卫而言，他是巧妙隐藏自己“脆弱性”的高手。

有一项依据不同的音乐风格进行的研究指出，从事嘻哈、饶舌、重金属和朋克的音乐人属于自杀高危人群，其中重金属风格的自杀率最高，高达19.3%。换言之，几乎每一支重金属乐队都有一名成员自杀身亡。奇怪的是，演奏悲伤感更强烈的布鲁斯风格的音乐人寿命最长，或许演唱那些忧伤的歌反而是一种有益的释放。伊萨克·迪内森①说如果所有的悲伤都能变成文字，写进故事，它们便不再难以承受。

“也许大卫和音乐的关系是唯一一种让他感到轻松自在的关系。”大卫前乐队的一名成员对我说，“音乐是大卫的强项。他的音乐才能高于常人。他原本可以更出名、更有实力，但是这一切都需要努力，需要付出。然而，大卫不喜欢努力、不喜欢付出，他只想要信手拈来，轻而易举。我觉得后来酒精和毒品替代了他生命中原本音乐与他最真挚的那部分的关系。当他面对自己即将开始的新生活——一份固定的新工作，不再进行任何演出，过一种循规蹈矩、时刻清醒的正常日子，还有慢慢变老，大卫其实是抗拒的。变老这个事情，不是你喝再多的酒，吸食再多的毒品就能逃避和释怀的。我相信大卫是想要永远活在25岁那种状态：在女人眼中魅力无穷，在男人看来风趣幽默，然后彻夜狂欢。音乐让他具有这份魔力，

① 伊萨克·迪内森（Isak Dinesen，1885—1962），丹麦著名作家。经典电影《走出非洲》（*Out of Africa*）描述的就是她在非洲的生活经历。

事实上他一生的大部分时间也的确如此。”

音乐和毒品有很长一段时间在大卫的生活中“和平共存”。整个北美大陆不知又有多少年轻人一边抽着大麻，一边听着音乐，在英国摇滚乐队杰叟罗图乐团的歌词中寻求年少无知的他们根本无从理解的深意。大卫坐在那儿，等待着捕捉大卫·鲍伊的那首《女性参政之城》(*Suffragette City*) 中和弦从耳机一侧传到另一侧时那一瞬间的美妙，实际上那是被毒品亲吻过的奇妙脑波。

最终毒品取代音乐与大卫建立了更顽固持久的关系，他与毒品的捆绑犹如一段陈旧变味的婚姻。大卫每次返回卡尔加里，都会和昔日老友们黏在一起。他们中有人说过，比起玩音乐，大卫好像更喜欢吸“高”了。

圭尔夫大学哲学系教授约翰·鲁森曾在分析“人生无聊”时谈到了音乐。为了体验音乐，感受旋律，我们必须对每一个正在听的音符之前已经演奏过的音符具有保留欣赏的能力。“我们所有的经历和感受，”他写道，“就如同这些流淌着的音符、合奏和节奏的旋律，每一刻都脱胎于前一刻，继而融入下一刻，形成不断演进的曲调。”然而，选择自杀的人们再也听不到流淌的旋律，有的仅仅是单个的音符。没有了彼此连接的前后音，单一的音符何以成调？留下的唯有欢乐的消隐和意义的沦丧。

我们每个人大都能感受到每日的生活重担，哲学家克尔凯郭尔将“人生无聊”描述为一个人绝望地拒绝成为自己。1855年去世的克尔凯郭尔，比“无聊时代”的到来早了足足一个多世纪。那时没有游戏，没有500多个电视频道，没有网络，也没有寻求无限刺激的可能。然而，这些手段反而彰显了无聊的力量与复杂。无休止的画面、噪音只能短暂缓解无聊，却无法真正杀死它。研究表明，孤独感随着面对面接触的增加而减少，随着在线交流的增加而增加。也许，“社交网络”真的只是徒有“社交”二字而已。

有研究指出选择自杀的人会有一种不同的时间体验感。他们惧怕未来，也不想审视曾经不愉快的过去，于是深陷在看不到尽头的糟糕现在。他们会以一种极其无聊的方式看待时间：觉得一切都在缓慢行进，永无止境的现在带给他们强烈的压迫感，甚至是罪恶感。

在临床医学上，“无聊”被定义为没有质量的生命体验。譬如，大多数人都有过的等公车的经历。你站在那里，感觉时间无比漫长。你手头没有一本书，也无其他事可做。对于自杀的人而言，这种体验几乎是他们每日的生活常态。最终被迫自杀的古罗马哲学家塞内卡问道："重复同样的事情究竟要多久？是的，是的，我会打哈欠，会睡觉，会吃饭，会口渴，会冷，会热……但是，我只能一再重复，不停循环吗？日夜交替，四季轮回。所有过去的都会再来一遍。没有新鲜的事可做，没有新鲜的物可看……大多数人评判生活的准则不是痛苦而是虚空。"

我怀疑弟弟大卫就是这种状况，他跌落进了一种怎么填也填不满的虚空之中。喝酒抽烟会无聊，全部戒除也无聊。四处留情让人无聊，困在婚姻里也无聊。"人生无聊"就是你看到自己拿着写好的人生剧本，一眼看到了头，看到了日复一日的循环往复。对大卫来说，接下来的人生突然被无限拉长，顿时变成贝克特①戏剧作品中那无尽的等待。

音乐、毒品，都是大卫想要逃避无聊的手段。逃避，从来都是他生命的主题。10 岁那年看完那部以越狱为主题的电影，我和堂兄一起用打结的床单将大卫吊下窗户似乎是他一生无数次逃避的开始。他逃避自己的婚姻，

---

① 贝克特指塞缪尔·贝克特（Samuel Beckett，1906—1989），20 世纪爱尔兰剧作家，是荒诞派戏剧的重要代表人物。1952 年创作、1953 年上演的话剧作品《等待戈多》（*Waiting for Godot*）是其代表作。

逃避自己居住过的城市，逃避自己的原生家庭。当他站在舞台上，眼前的现实似乎被按了暂停键，悬浮搁置。或许，舞台就是他可以逃避的临时“堡垒”。毒品和酒精让他有了逃避的机会。甚至，他从自己并不想离开的安娜·梅的身边逃走了。逃避，早已成为大卫的一种习惯。

德国哲学家叔本华说无聊是人生幸福的死敌。他写道：“如果活着——对它的渴望正是我们生存的本质——具有任何积极内在的价值，那就不会有无聊、厌烦的存在了。仅仅是活着本身就能让我们心满意足，别无他求。”然而，事实上，我们总有所求。渴求是人生而为人的常态。我们总在渴求一些东西，我们想要更高，更聪明，更年轻，更富有。我们想要被爱，想要掌握一门乐器，想要再学一门语言。有时候，我们想要的东西本身可能就自相矛盾，在充满戏剧张力的同时又舒缓安心。然而，有些人注定无法调和自己此生的矛盾。

尾声

河水回旋

我回到温尼伯过圣诞节，和爸妈一起齐聚小妹家，重返那一片自小长大的熟悉街区。一个寒冬午后，我带着两个孩子拖着平底雪橇沿着红河散步。河水冻结，地上的积雪有1英寸①那么厚。小时候印象中充满神秘气息的一整片密林如今怎么成为了如此疏落有序的林间空地？我倍感诧异。以往，一到春天，面对数量猛增、成群结队的蚊子，整个城市就会喷洒杀虫剂。一辆装载着喷雾器的老旧平板车走街串巷，喷出含有毒素滴滴涕（DDT）的团团烟雾。我们一群小家伙戴着二战期间留下来的防毒面具跟在后面一路奔跑。这些“徒有其形”的面具早已没有了滤毒罐，我们就那样大口呼吸着烟雾里的致癌物。只是那个时候，没有人觉得这很危险。

如今回想起来，当时真是太危险了。我的两个孩子，一个今年13岁，另一个19岁。他们早已没有幼年时期的

① 1英寸约等于2.54厘米。

脆弱无助。但是作为爸爸，我的内心依旧充满着担心与忧虑。世界变化如此之快，如此之复杂，他们面对的或即将面对的危险是我成长的年代所没有的。在奥肯瓦尔德小学上学的时候，我们还有核弹演习。当时学校专门有一个预警铃铛，一听到它的声音，我们便需要按照指示走进学校大厅，一个个背靠墙、盘腿、低头、俯身靠近大腿坚持5分钟。大家一开始都特别配合，但到最后会非常不舒服。记得有一次，我抬头偷瞄当时的女老师。她人至中年，神情冷漠，穿着一身印花裙，看上去有些心不在焉，对即将到来的“核弹死亡”流露出一副无所谓的厌烦态度。

我和两个孩子在红河堤坝上玩起了平底雪橇，温尼伯市政府在1950年那场特大洪水后建造了这座保护附近居民的堤坝。小时候，大人们每年都会举办一场从社区俱乐部到红河岸边的跑步比赛。当时的跑步路线上有一个倾斜的大转弯，有一年，大人们想让跑道结冰，有些爸爸直接用软管连接自家的水龙头冲着跑道开始浇水。我大着胆子穿上溜冰鞋就冲了出去，结果没收住，整个人撞在河岸上飞了出去，就像是一把飞镖嗖的一声摔到了雪地里。其他人紧随其后，甚至还有人因此受伤。这几乎是所有新游戏里都不可避免的常规步骤。或许，人的天性就是要在平淡无奇的岁月里寻求一分危险的刺激。

外面越来越冷，我叫上孩子们准备回家。他们俩没有讨价还价，很爽快地答应了。能有这样两个性格开朗、性情柔和的宝贝，我真的心存感激。在今天这个世界，拥有一份寻求并获得快乐的能力实属难得。他们洋溢着快乐的笑脸，于我而言，是人生在世莫大的安慰。也许，一如社会学家所说，不高的自我期望是他们开心快乐的原因之一。他俩谁也没考虑过所谓的终身职业，喜欢的东西也很不一样。然而，他们有近乎一半的朋友都不得不面对父母离异的现实。在他们成长的时代，社会早不再拥有一套稳定的社会架构，宗教成为一个抽象概念，传统的电视节目也已被网络节目所取代。科学技术、文化潮流、音乐演出、婚姻形式……一切都在发展变化。当他们身处的世界日新月异，我在想，有朝一日他们拿什么来怀旧呢？

夕阳西下，光线幽暗，迷雾苍茫。在往回走的路上我们路过了我小时候经常去的那家溜冰场。原以为此时场内一定和记忆中的一样，人声鼎沸，热闹非凡。比赛正在进行，球棒挥舞，球员气势如虹，豪言壮语脱口而出，就像当年我大喊“吉尔莫（Gillmore）！来一击绝杀”……然而，事实上，溜冰场内只有两个小孩。其他的孩子呢？也许，他们此刻正坐在温暖的家中面对着电视屏幕。

一位朋友曾说如今城里长大的孩子从小就没有了回忆往昔的机会。是呀，不像我，每次回到故乡，眼前就会一一浮现出许多的名字、脸庞和各种往日里如电影般的画面。五年级时尿湿裤子的那个女生、扔黑板擦的老师、在我们高唱《天佑女王》（*God Save the Queen*）时突然呕吐的那个男孩，还有每次不得不拿着木屑走过来收拾打斗现场的悲催门卫。漂亮的女孩、斗狠的大哥，以及那个不论什么事都想躲到一边的懦弱同伴——他们不喜欢运动，学习成绩一般，也不爱与人交往。那一串长长的名字，他们去哪儿了？他们变成了什么样？说实话，我并不清楚，只是偶尔会在脸书（Facebook）上突然看到曾经熟悉的名字。

林间空旷，寂静无声。小时候，我们都是在灌木丛中专门开辟一块空地搭建“堡垒”，完工后还会用树枝遮盖加固以确保它不被发现。我们的“杰作”完全是体现赖特打破内外之别的建筑理念的完美个案。赖特曾在流水别墅中运用大扇玻璃窗将室外岩石化作室内一景，而我们建造“堡垒”的野心则更宏伟，先砍下低矮的树枝开辟出一片空地，待“堡垒”完工后再将这些树枝一个个地穿插进高处，最后把树叶铺撒“堡垒”制造出一个虚假的树冠。

我和弟弟最大的失误就是为了炫耀我们的“奇思妙想”，把辛辛苦苦建设的“秘密基地”告诉了别人。结果，一传十，十传百，最后传到了当地“混世魔王”的耳中，“堡垒”很快就遭到袭击毁于一旦。没办法，我们只好再次深入森林，择地重建。于是，那一年夏天，我们俩一直在建了毁、毁了建的循环中忙个不停。更有意思的是，我和大卫一会儿是齐心协力的同盟军，一会儿又是“势不两立”的拆台党。至今还记得当我小心翼翼地穿过林地却猛然发现“堡垒”已被大卫带人摧毁时那种被人背叛的感觉。

我一直觉得每一个新建的“堡垒”都要比上一个更完美，完工时的兴奋劲儿也一次比一次高，有一种类似苏珊·汤普森①竞选成功时按捺不住的狂喜：“哈，这一

① 苏珊·汤普森（Susan Thompson，1947— ）是温尼伯市第40任市长，在职时间为1992—1998年。

次，当地的霸王们可别再想找到了！它就是我的‘世外桃源’！”每个孩子好像都会想要拥有一片属于自己的秘密小天地，“秘密”二字通常也会大刺刺地印在许多儿童读物的封面上。林中“堡垒”是我最早的一方秘密小天地，我身处其中，只和自己喜欢的人在一起，感受到全然的放松与自由。

后来，我和大卫还搭建了一个使用打捞起来的胶合板当屋顶的“堡垒”。我们在屋顶上精心覆盖了一层树叶，用一扇废弃的门充当一面墙，感觉坚硬得完全可以抵挡原子弹。在八月一个炎热的下午，一场暴风雨轰然而至，我和弟弟大卫躲进“堡垒”以避风雨。邻居家的小狗也和我们挤在一起，祈祷着可怕的电闪雷鸣赶快过去。

回家这一路，我环顾四望，眼前的景色让我觉得大卫就在身边。这里的一草一木都承载着我们简单快乐的纯真岁月！记得有一年万圣节，轻雪飞扬，大卫把自己打扮成了一个流浪汉——他头戴一顶破烂帽，脸上还用睫毛膏画了些许胡子，我把自己打扮成了一位驯狮师。我们俩拿着枕头套挨家挨户地去要糖果，有些人一脸嫌弃地看着我们，然后丢给我们一个苹果，最后我们还要到了一些巧克力棒，大卫一边走一边吃。那个时候，我们俩真心希望可以一路这样走下去，从一家到另一家，永无止境也永不停歇地走下去。

恍惚间我好像看见大卫躺在地毯上看黑白电视。他双手托着腮帮子，盯着闪烁不定的电视屏幕看驯鹿布尔温克①。穿过夏天河边疯长的草丛，看呀，蝗虫就在他前面一蹦一跳。我和他跟着喷洒杀虫剂的平板车一路奔跑，在满是毒素的烟雾里高兴地大口呼吸。

再后来，我们十个人，一人一把，将大卫的骨灰撒在了这片我们一起成长的故土上。

天色已晚，我和孩子们穿过怀尔德伍德公园回到小妹家门前。空气冷冽，夜幕低垂，一抹柔光轻轻地透出窗外，一股暖流涌上心头。

---

① 驯鹿布尔温克（Bullwinkle）是一个虚构的动画人物，为1959—1964年在美国播放的动画电视连续剧《洛奇与布尔温克和朋友们的历险记》（*The Adventures of Rocky & Bullwinkle and Friends*）中的角色。

致谢

自杀一直以来是一个宽泛而又复杂的议题。历史上，北美原住民、军人、青少年及老年人都属于高自杀率群体。然而，在这本书中，我关注的焦点是我相对熟悉的群体——北美婴儿潮一代中的白人男性。

衷心感谢加拿大文化协会及安大略省文化协会的慷慨支持，使这本书的成稿与出版成为可能。我要感谢所有为这本书的写作付出了自己的宝贵时间及专业知识的人们。他们是社会学家、精神病学家、自杀学专家、朋友以及那些与我倾心交谈的弟弟大卫的朋友。谢谢在这个艰难的过程中，我的父母和妹妹给予我的坚定支持。感谢加拿大最古老也最受推崇的“韦斯特伍德创意艺术家”这一文学机构的负责人杰基·凯泽对本书初稿的精研细读。感谢安妮·柯林斯出色的编辑工作，谢谢她一如既往的耐心与智慧。最后，我要说，谢谢你，格拉济纳，我亲爱的妻子！感谢你长久以来给予我的所有支持！

图书在版编目（CIP）数据

消失的人 /（加）唐・吉尔莫著；白瑞霞译. —长沙：湖南人民出版社，2022.10
ISBN 978-7-5561-2927-0

I. ①消… II. ①唐… ②白… III. ①回忆录—加拿大—现代 IV. ①I711.55

中国版本图书馆CIP数据核字（2022）第085618号

消失的人
XIAOSHI DE REN

著　　者：[加拿大] 唐・吉尔莫
译　　者：白瑞霞
出版统筹：陈　实
监　　制：傅钦伟
责任编辑：刘　婷
责任校对：蔡娟娟
装帧设计：饶博文

出版发行：湖南人民出版社有限责任公司 [http://www.hnppp.com]
地　　址：长沙市营盘东路3号　　邮编：410005　　电话：0731-82683327

印　　刷：长沙艺铖印刷包装有限公司
版　　次：2022年10月第1版　　印　　次：2022年10月第1次印刷
开　　本：880 mm × 1230 mm　1/32　　印　　张：8.75
字　　数：150千字
书　　号：ISBN 978-7-5561-2927-0
定　　价：58.00元

营销电话：0731-82683348（如发现印装质量问题请与出版社调换）